流金文丛

漂泊者

金克木 著

张昌华 选编

商务印书馆

出版前言

岁月流沙,时光在俯仰之间不经意中从我们指尖滑落;岁月流金,光阴在云起云落的当儿,世人创造了多少辉煌的业绩,铸就了社会的文明与进步。流沙是岁月之花,流金是岁月之果。

我们出版这套"流金文丛",旨在梳理扒抉现当代文人墨客的"流金"——性情之作,即闲适的零墨散笺。这些作品多为作者在月光里、芭蕉下、古砚边搦管挥毫的闲情偶寄,或是在花笺上信手点染的斗方小品。这些佳构华章,曾星散在历史卷宗的字行间,有的不大为人注目,我们将这些吉光片羽珠串结集于斯。丛书内容丰赡、题材多样:书简、日记、随笔、词章或其他,类盘中的珠玉,似掌上的紫砂,如心中的玫瑰,可赏可玩可品;然又不失思想,不阙情趣,不乏品位。

我们多么希望这套"流金文丛"能流入阁下的书斋,站在你的书架上。

目录

百年投影：1898—1997	〇〇一
两位母亲	〇一六
三个姐姐	〇二三
二嫂	〇三〇
遥寄莫愁湖	〇三六
保险朋友	〇四〇

一点经历	〇七一
文丐生涯	〇七七
译匠天缘	〇八三
泪	〇八九
我的"偷袭"	〇九二
鸟巢禅师	〇九八
孟加拉香客	一〇六
德里一比丘	一一五
未完成的下海曲	一二四

化尘残影	一四五
少年漂泊者	一九五
家庭大学	二一二
岁寒三友	二二七
游学生涯	二四六
人苦不自知	二六七
无声的惊雷	二七二
三笑记	二七七

末班车	二八二
遗憾	二九一
告别辞	二九五
自撰火化铭	三〇一

编后记 ———————————— 三〇五

书剑飘零
——《漂泊者》编后记 　　三〇六

百年投影：1898—1997

几十年前我听到两位朋友谈论中医西医。

一个说：我承认中医西医都能治好病，但是西医说的道理我懂，中医说的阴阳五行那一套我不懂，我只能相信我能懂的。

另一个说：能治好病就是好医生。你何必管他讲的是什么道理？治不好病，讲道理没用。

这一位是实践论者。

那一个说：我死在西医手里，死个明白；死在中医手里，死得糊涂。

这一位是理智主义者。坚持要问为什么。

另一个说，死都死了，什么都不知道了，明白和糊涂还不是一样？我是凡人，不是智者。

这一位是唯物主义者吧？

依我看，求明白的人不是没有糊涂的地方，反空谈的人也不是处处不讲道理。只不过是两种人所向往的和所奉行的不一样,便成为两种仿佛截然不同的思想,以致讲出很有分别的话了。究其实,智者本是凡人。凡人有平凡的智慧,或者说是通晓世故人情。智者可以有凡人达不到的精神境界,但凡人会生活得更好。智者和凡人的界限难分。

我把自己的一些创作的新诗,翻译的外国诗,后来写的一些谈论文化的文章,合起来一看,明显表现了自己的三个时期,也折射出了一百年来的三个时代。因为我本是大时代中的小人物,不能不在思想感情上经历并且透露出时代的气息。我好像是想当智者的凡人。

我有这样两行诗句:

儿童的人间:做梦,做诗。
少壮的人间:苦斗,沉思。

做梦的是诗人。苦斗的是凡人。沉思的是智者。人人都可以有这三种境界,做这样三种人,因为三者看似隔绝,其实通连。正像我那两位老朋友当年论医一样。他们尽管意思不同,还是可以对话,争论,正是因为彼此相知,有通连的共同之点。然而虽有相同,却又相异。年长者都多少走过中国和世界这一百年来所走的道路,儿童和少年还正在走下一个一百年的道路,但是每人又各有不同。可能

编后记 ——————— 三〇五

    书剑飘零
      ——《漂泊者》编后记 　　三〇六

经历类似而感受和理解不会完全相同,甚至会完全不同。

有个故事说,有两个记者同去采访一条新修铁路的沿线情况。两人分属两家报社,都想有独家报道,所以上火车后各自坐在车一边,互不交换位置,也不交谈见闻。随后两人各写出一篇通讯发表。一家报纸上说这条铁路沿线是崇山峻岭非常壮观。另一家报纸上说火车一路上沿着河流行驶风景秀丽。原来这条铁路是依山傍水而行,两边景色不同。两人写的都是真实报道,不过只看一份报纸的读者就只知道一边了。

我所见的只能是百年来道路一边的星星点点,但我的感受是在这一路上的真实感受。我说的是感受,不是见闻。恐怕很少人有像我所经历的这样的环境变化,因而感受也不会一样。但时代的脉搏是共同的,所以我以为会有人感我所感和想我所想,我写出的诗文还会有读者。于是我写了这样一些作品,给后来的人看。

我出生于辛亥革命的次年。出生后不久就碰上"抄家",再过几个月,父亲就突然离开世界,把我抛给我的不识字又不懂事的二十二岁的母亲,要她在铁和血的世界中,在冷漠的旧式家庭中,把我养大。我不知不觉经历了中国"光复"的一场大革命。不留辫子了,但还要磕头。

识字了,读书了,看到了父亲和祖父和曾祖父留给我的堆在空房子里的一箱又一箱旧书。一类是八股文和有关的书，我不懂。有木刻原版的《学津讨原》丛书，不完全，仍旧很多，我也看不懂。还有许多"戊戌维新"前后出的新书。石印小字本是上海出版的。铅印大字本是在日本横滨印的，其中有梁任公（启超）的《饮冰室文集》和他主编的《新民丛报》的许多合订本。我最先看得懂的就是梁任公的那些小说、戏曲（传奇）、传记、诗话、杂文。于是我又在不知不觉之间进入了我父亲的时代，背上了上世纪末本世纪初的前一次革命"戊戌维新"失败的沉重压力。

"戊戌"（1898）和"辛亥"（1911）这两次革命都是失败的。其成功之处只是改了教育制度和没有了皇帝。两次提出的理想都没有实现。中国照旧是又穷又弱，军阀官僚土豪劣绅照旧横行，洋人依然称霸。

我上小学时正赶上"五四"新文化运动高潮过去，读到了第一批用白话文的小学课本。小学毕业后读到了《新青年》的合订本五大卷。这时可比读《新民丛报》懂得多了。可是书里面提出的理想并没有实现。"新文化"的高潮已过，"五四"前后作为文化的革命，除在语言文学上有进展，在婚姻制度上有"自由恋爱"的强烈的冲击波以外，仍然是失败了。我的周围依然未变。可是更大的革命来了——革命军"北伐"。不过伐到长江以北，到了我们那里，这次大革命又夭折了，比"戊戌""辛亥""五四"更惨，规模更大，斗争更激烈，死的人更多。

我十六岁刚满，名为十七岁，便去乡间教小学。半年后去外地一处中学闹"学潮"。学生被捕，学校关门，我又去邻县乡间教了一年小学。这两年的中学生和小学教员生活使我见到了也认识了不少的新人，知道了而且经历了不少新事。我听到了广州、武汉、上海的革命的涨潮和退潮，而且和黄埔军校毕业战斗归来的人结交，和中山大学、上海大学、武汉"干部学校"的学生在一校同事，还见到各种各样的男女革命者。我不由自主又背上了1927年大革命失败的沉重精神包袱。

我背负着"戊戌""辛亥""五四""北伐"四次革命失败的思想感情负担。在1930年，我刚满十八岁，经过上海，由海道到了"故都"北平，也就是北京。

仅仅过了一年，就来了震动全国以至世界的"九一八"。日本侵略者公然占领我们的东三省，要先吞并"满蒙"，进而吞并中国。这比"八国联军"严重得多，真要亡国了，我们要做"亡国奴"了。从北到南掀起了全国要求抗日的大风潮。几个月后，1932年"一·二八"上海的日本军队又动手了。但和在东北不同，他们遭到了抵抗。吴淞口的炮台吼起来了，开炮打日本军舰。十九路军对日作战。日本飞机炸了商务印书馆和附设的东方图书馆。北边黑龙江也有中国军队抵抗日军。抗日义勇军在东北日军铁蹄下组织起来。然而所有这一切很快又成为过去。烽烟都熄了,只剩下江西的内战的炮火越打越激烈。又一次革命退潮了。"不愿做奴隶的人们"仿佛注定还得做奴隶。

我不参与运动,但见闻很多。这次我虽然亲身经历,也还是和以前的四次革命差不多,感受多而行动少。前两次只是精神经历,因为"戊戌"在我出生前,"辛亥"后一年我才到世界来。然而五次不同的革命的失败氛围给我的精神重压是摆脱不掉了。

1932年冬天,我由友人介绍到山东一所县立初级师范讲习所当教员。一到就碰上学校闹"风潮"。我住进校内而有职无业。那位朋友忽然临时去省城。我既无走的路费,又无住下的饭钱。在黯淡的煤油灯光下,我提笔写出了诗《秋思》。随后又连写了几首都寄给北平(北京)的友人,其中有一位是写新诗谈文学的。友人来信说:"诗可以发表了。你不寄,我们替你寄。"结果是几首诗在当时唯一能继续出版的大型文学杂志《现代》上刊登了出来。于是我继续写诗,有些发表了,有的留在手头。到1936年初编成了一本《蝙蝠集》出版。我写诗本不为发表,也不是和哪位诗友争胜,更不是有什么忧国忧民的大志要借诗表达，又说不上是借诗发个人小牢骚，当然不会是职业的要求，不过是有时想记下一点个人的感受，也多少想对新诗体做一点试验。无奈渺小的个人也脱离不了大时代的氛围，我又在无意中背负了五次革命失败的精神压抑，用艺术形式表达感受时就不能不由小通大，由今通昔，并且由个人见时代了。至于诗的好坏，读者会看出什么，那就非我所知了。

随后是"七七"抗战，1939年欧战，1941年德国攻苏联，日本打美国。

以上是说明我的作品的第一部分，新诗，也是从十九世纪末到二十世纪四十年代初的背景材料。我相信，读这些诗时连上或者不连上从1898年"戊戌"经过"辛亥""五四""北伐""九一八""七七"到1941年世界大战中间的革命失败和胜利的情绪，这两种读法是可能大不一样的。当然，这里只有诗，不是历史评说，表达的是个人感受，不是议论。

我的作品的第二部分是译诗，是从梵语原文译成汉语现代白话的印度古诗。只有最后一首《控诉》是从巴基斯坦定为"国语"的乌尔都语原文译出来的。作者伊克巴尔逝世在印巴分治以前，他的诗也可以说是属于历史上的印度，和前面的诗一样，都是古诗。诗题的本意是"埋怨""诉苦"。从诗体和内容可以感受到伊斯兰教徒的激情，和前面的婆罗门教（印度教）和佛教的诗正好对照，但这些情绪并非只属于一个教派或种族。译出的诗尽量依照原来的体裁和语言，所以各不相同，和自己作的诗又不一样。

这些过去时代的印度的诗怎么能算做表现我从1939年到1979年这四十年间的一个时期呢？

这四十年正是我从青年到老年的时期。大的历史背景不必复述，大家都知道。我的经历，主要指精神的，则可以套用一位前辈讲史学的一句话：

走南闯北找东西。

我找的是东和西，就是十九世纪到二十世纪初期欧洲人一般说的东方和西方，不是更早或更晚的说法。单就读书说，我从拉丁文、罗马史读到梵语经典、汉译佛典，再到《联共（布）党史》的中外文本，到学习俄文。然后是十年不读任何书。最后是又开始看到我几乎看不懂的外国新刊物和书本。可说是兜了一个大圈子，但回到的已经不是原地了。

我找到了什么？什么也没有找到。

这几十年中，我只有别人，没有自己，所以只好用译诗来表示。我翻译不是由于那是名作要介绍，而是由于我估计自己可以做翻译这首诗的试验。所以译的虽是别人的，译出来却也有我自己在内。因此可以说也表现了我。

我的作品的第一部分如果说是可以由今见昔，那么，第二部分可以说是由昔见今，由人见我。

我怎么会去找东和西？

1938年我在香港住了将近一年，多少尝到了一点大英帝国统治的滋味。1939年我准备探寻由罗马帝国上溯古希腊的路程。1941年我到缅甸的仰光暂住，看到大英帝国的这一部分不像香港，也不是上海英租界的扩大。随即到了印度。英吉利王国正是因为女王维多利亚加冕兼任印度帝国女皇而成为帝国。这里又和缅甸不同，也和中国大不一样。我感到惊异的是，英国是一个岛国，怎么能统治地球上插英国旗的这么多大小地方的比自己多出十倍以上的人口？

我惊异地发现，岛国的英吉利统治遍及世界各洲，建立帝国的有些方式居然像大陆上闭关自高自大的历时几千年直到满清的帝国。不仅是几乎公认的英国的文官考试制度是从中国的科举学去，先试用于印度，然后用到本国，成为行之有效的培养政治人才或官吏的制度，而且连吞并印度的方式也像中国的"禅让"或"改朝换代"。英国解散了"横征暴敛"激起印度众怒的东印度公司，处死了罪魁祸首克莱武并没收其掠夺来的财产，废黜了虚有其名的末代皇帝，送他去缅甸作诗，由英女王兼任印度女皇。名义上，印度帝国照旧存在，不过是一个自称是蒙古人后裔的莫卧儿皇帝换了一个英吉利女皇。政权暗转到外国。从此"天下太平"。英国人官吏很少。政府只在全国很少的要地设立驻军区，驻扎很少的英国兵，而把招募的印度兵分驻离本籍很远的语言不通的外地。这仿佛是"八旗驻兵"的老套。对本地的风俗习惯宗教信仰一概不动，又仿佛是满清入关时的政策，只是没有要求男人留辫子，不留就杀，"留发不留头"。还照中国办法开考试做官之路，并且立即分别在东、西、南三处设立大学区，但不办小学。宣布英语为政府的官方语言以代替原来用的波斯语，但保留本土的"官话"，即波斯语化的印度通行语乌尔都语，而又提倡印度各地的不同的文学语言，包括北方通行语印地语。这一套文化教育政策才是大不列颠帝国的一大发明，培养了一代又一代的人才。正如麦考莱在英国议会中扬扬得意宣布的：人是本地人，但说英国话，照英国规矩办事。这和大清帝国不同，但又一致，只是化无序为有序，变政策为制度而已。我和印度一些有识之士谈话并看到甘地等人的著作时，发现他们已经知道了，但已为时太晚。"全面学习"一种外语及文化尽管正式实行不过一百年，也无法退位让仍在千年传统中的各地不同语言来代替这种从外国来的现代语言了。幸而清朝没有也不可能实行这一项语言文化政策，汉人才可以"光复"旧国。实际上这只是把皇族关闭进了紫禁城称王，当总统和总理的几代都还是原先清朝的大臣。

原来大英帝国是大清帝国的"青出于蓝而胜于蓝"多少倍的学生，并不是仅仅遥接罗马帝国。英国初由东印度公司出面派舰队到中国来求通商时正赶上明末清初（1637）。他们在澳门由于无知而上当碰了钉子，但仍行贿收买得到了不少中国货，包括搪瓷器和丝绸，并回本国报告。印度平定以后，英国有准备地派了东印度公司的代表团前来向乾隆皇帝补贺八十大庆。使臣到了北京，还去避暑山庄"觐见"了乾隆皇帝。由于只屈一膝不肯双膝下跪"叩首"而受到"龙颜大怒"被驱逐，但不是"无功而返"。这一次不但摸出了中国军力的虚实，还学到了据说有二十几种中国技术，带回了极有价值的英帝国观点的"大清"国情报告。这是1793年，离1840年的鸦片战争不到五十年。中国人上上下下居然对这一严重情况一无所知。到现在也不知有没有中国人研究据说英国早已公开的东印度公司及其关于东方的档案。十八世纪末英国已经进入当时的"信息时代"了，而"英明天子"乾隆皇帝还在"十大武功"中满足于自己对国外世界聋盲无知的幸福。老百姓更不用说了。一旦发现到外国什么"旧金山""新金山"可以发财，便成为"猪仔"被卖了。

此外还有使我更为惊奇而且迷惑的。一接触到印度的书和人和语言的实际，便发现和我原先从中外古今书和人得来的知识对不上号，很难核实。有的简直是不知怎么辨别谁是谁非。也许还是我的眼睛耳朵以至心理有毛病？但有一点我明白。外国人从前所谓"汉学"着重研究的是中国与外国、汉族和非汉族之间的关系。这是他们所擅长的多种民族语文资料对照研究。对于汉语古文献的内容甚至语文含义，他们不注意也无成就。欧洲人对印度似乎稍好一点，因为语言比汉语较为容易相通，还能够拟出一个印欧语系，但对思想文化内容仍然"隔教"，往往是"格义"甚至杜撰。将"汉学"和"印度学"一比，我发现彼此只怕有共同的毛病，只是程度有别。特别是对于文学的作品和理论。我不知道中国的和印度的文献怎么能换成欧洲语言而不会大走样。中印彼此也几乎无法交流通气。尽管有那么多的汉译佛典，往往只能是"望文生义"，"教外别传"。真正通晓内容实情的只怕是只有一个玄奘。他只译不作，一句话不留下来，"奉诏"的著作《西域记》是"译出材料，由别人"撰写"文章。对"哲学"思想的理解比对文学作品欣赏也不见得容易些。我略为接触便发生了迷惑，以致对于"文艺复兴"以后才搜罗整理出来的古希腊、古罗马文献也怕是和汉代整理传下来的先秦文献以及现代整理的古印度文献有类似情况。为什么明明有个大哲人、大师苏格拉底被古希腊法庭判为引导青年误入歧途有罪而受刑被毒死，而在讲古希腊的高超文明时差不多都"一笔带过"呢？对印度和中国又是怎样？

以上说明了我在这四十年左右的"中年"时光中仅仅"走南"又"闯北"，见识了"东"和"西"而没有得到任何东西，所以只有以译出的一些诗留作印迹。

我的作品的第一部分如果说是"幻灭"，第二部分便是"彷徨"。那么，第三部分呢？

先说一段往事。

大约是1972年之后，我偶然遇上了一位旧识前辈文人，他邀我同去故宫看新展出的画，那时看展览的人很少。他和我一幅又一幅看中国古画，还不时低声议论，竟有两个小时之久。他已年过七十，我也满了六十岁，居然不知疲倦。我听他从独特的视角谈人物画，发出特别的见解。有时我问他问题，他多不答复。他好像是对我讲了他无处去讲的对艺术尤其是古代人物画的与众不同的看法。他爱重复说的一句话是"猜谜子",意思是许多人看画谈画是猜谜,不求实证。这使我想到,原来我们观察艺术往往是猜谜。这岂止是对艺术?

到七十年代末,我重新开始看书时,才回顾刚刚经历过的又一次"大革命"。为什么这一次要标出"文化"招牌呢?文化到底指什么?政府文化部只管图书馆、戏剧、电影等。"五四"本来指"新文化"运动,在语言文学、婚姻家庭方面起了作用,可是后来成为以那一天的学生爱国运动为标志的政治革命。所谓"文化水平"又是常指学历。"文化"成为谜。这时我已有闲暇,于是从略有所知的文化人类学开头看起外国书刊。后来不能走去图书馆看外国新书,便回忆看过的旧书,随手写下一些围绕这个问题的文章。自己知道不过是对文化猜谜。这样说不通,再换一条路子想。又好像是在中外古今文化思想中旅行,一边看,一边想,随嘴说点什么,都不足为凭。越走越远,走到了九十年代中了,我还在走,还在发现新的谜底,但我已衰老得说不清楚更说不出新意表明新发现了。

现在把在八九十年代"破谜"探索中写下的一些文章合在一起便是我的第三期留下的一部分痕迹。

这第三部分只好说是"摸索"。我不是回答问题,是提问题。破了谜,但不见现成的确定谜底,只见不断深化,如无底洞。

幻灭，彷徨，摸索，是我的经历，但又是不分先后的，时时都可以有这三种境界。其中并不都是失落，也有得的欢欣。得而复失，失而又得，这是我的经历，又曲折反射出我所处的世界。是从一粒沙中见世界，从一滴水中尝大海的咸味吧？

信仰可以使人坚定。我尝试，不成。怀疑可以使人活动，前进。我也尝试过，不成。大火要把我烤焦了，我还是觉得心头冰冷。我祈祷力量。印度人说，"力"是女神，和毁灭之神相连。我祷告她，没有回应。我得到过的唯一的爱的温情是我的母亲，但我没有对她回报。

现在我已快到生命的终点，把这一叠字纸献给我的已故去三十二年的不识字的母亲。这里形式是诗文，内容是记史，论史，岂不正是从她到我这一百年的投影，可以题作《百年投影》吗？

1997 年 1 月

两位母亲

公元一九一二年,即孙中山在元旦以临时大总统的名义宣布推翻专制建立共和并改用阳历的那一年,旧历七月初、新历八月中的一个炎热的晚上,在江西省 W 县的县衙门后面一所房子的一间小小的偏房里,一个男孩子呱呱坠地了。

这位母亲的虚岁只有二十一岁。她在"坐草"时昏昏沉沉地仿佛听见"收生婆"低声咕噜一句,"男孩";但她正在痛苦中挣扎,也没有理会到这一个词儿的严重含义。后来她被"收生婆"扶上床去,半卧半靠着躺在床上,身旁放着刚从她身上脱离出来的包扎好了的小娃娃,这时她才稍微清醒一点,耳边似乎听到了"收生婆"在外面中间堂屋里大声报喜:

"恭喜老爷!恭喜太太!添了一位小少爷。"

接着是闹哄哄的领赏和谢赏的声音。她望了望身边的闭着眼睛不哭不叫的小男孩,明白了自己是生下了一个儿

金克木与母亲

子,随即闭上眼睛睡去了。

并没有人进屋来向她道喜。她只是一个生产工具,生产出来的东西不归她所有,而是属于老爷太太的。

她的这间屋的门框上面还贴上了一个小小的红布条,表示这是产房,有"血煞",告诉人不要进去冲犯;产妇也在一个月内不能出这房门。这叫作"坐月子"。

她昏睡着不知过了多少时候,也许是只有一会儿,觉得有人进来;开眼一看,原来是一个中年妇人,手里捧着一碗红糖水,递给她喝,并且说:

"恭喜你呀!生了一个小少爷。这就好了。"

接过空碗后,她又说:

"老爷听说生的娃娃是男的,很高兴,说他明年就六十岁了,在这兵荒马乱的时候又得了一个儿子,是老来福,看来他运气还没有变坏。还说他今天卜过一卦,很灵。你好好养息,躺在床上不要动,身体要紧。我马上给你端两个荷包蛋来。活鲫鱼买来了,做汤,给你'表'下奶。有了奶就什么都不愁了。唉!你要早一年生就好了,那时老爷还做着官,哪里会像现在这样?"

她接着又低声说:

"你好好养息,不要着急下地。听说外边乱得很。有人说会到衙门来抄县官的家。我想是谣言。你不要怕。老爷这样大年纪。你有了少爷就什么都不要怕了。我过一会就来。"

这位对她十分体贴的中年妇人是"包厨"的大师傅的妻子。她到现在还没有生下一男半女。夫妇两人是县官的小同乡，从安徽的乡下远来投靠，给县官做家乡饭菜，渐渐包办了全家以至全衙的伙食，也积了一点钱，只是愁没有儿女。她正在盘算着要买一个女儿来"压子"。

产妇又望着身旁的孩子。孩子还是闭着眼睛熟睡不醒。她朦朦胧胧地想着："生了一位少爷，这就好了。"这时她才想到，自己的一辈子就靠这小小的一块肉了。想着，她不由得亲了一下这块从她身上取下来的肉。小娃娃张嘴轻轻发了一点声音，却还是没有醒过来。

这位年轻的母亲现在完全清醒过来了。她身上还隐隐有余痛，可是她不顾这些，只想到一件事："我生了一个儿子，该不会再卖我了吧？"

这个还不到二十周岁的姑娘已经被卖三次了。

她记得自己是生在 K 县的一家铁匠铺里，小时天天听到叮叮当当的打铁声。不知为什么她只有几岁就被卖到一家人家去当了丫头。从此再没有见到自己的父母。她每天干着各种各样的零星活，挨打，受骂。到十来岁时又被卖到一个做官的人家，到了南昌府。这家姓 Y，官派十足，和前一家不同。她干的活也不一样了。她要侍候老爷、太太、少爷、小姐。对她的要求也不一样了。不但要懂得做官人家的规矩，还要打扮得像个丫头样子。她梳头、穿衣、走路、行礼、叫人、拿东西、当厨师下手、给太太端烟袋等等都可以过得去，只有一样没法办：大脚。她在家时不曾裹小脚，买她的那家不是大户人家，又要她干粗活，也不管她的打扮，只形式上裹上了，实际上脚还在自由生长。可是Y家的规矩不一样。尽管是丫头，也不能不裹小脚。大脚就是犯法。虽然下等人妇女可以大脚，但是大家门户里连丫头也必须有"三寸金莲"才像个样子。于是她受罪了。一丈来长的裹脚布裹了又裹，还加上白糖一样的也许是矾的东西，据说能使骨头变软。裹脚并不能减轻她的工作；一切照常，一点马虎不得。脚整天痛得要命，却一点也不见小，只能求它维持原状，不再长大。可是这也不行，无论如何也要把脚指头狠命裹得成为一个尖子。鞋子只能缩小，不准放大，鞋前头必须成尖形。她的一双脚像放在铁鞋子里一样，走起路来一扭一捏，受尽了罪。她实在不能忍受下去了，便实行了暗地的反抗。到晚上，上床后，她在被窝里偷偷把裹脚布松开了，舒舒服服地睡一大觉。白天她再照样活受罪。这样的结果，整个脚没有再长大，鞋子没有加尺寸，可是脚骨也没有变形，没有缩小，只是脚指头裹得弯曲紧缩，成了不大不小的畸形的脚。这双大脚使Y家的人直叹气，但是打和骂和罚她不吃饭也改变不过来。这双大脚使她在Y大老爷身边留不住了，只能当干粗活的丫头。十八岁还未满，主人就把她卖出来了。她只知道出卖的原因是这双挨骂的大脚，至于其他什么道理，那是官府人家的事，她一点不懂，也不知道。

Y家叫人卖她的时候，正好这位捐到W县知县的官儿来到了南昌府。这位县太爷的官太太是他的第四次续弦的夫人，还不满五十岁。她三十岁过了才出嫁，只生了一个儿子。她是小脚，又胖，本来就不大能动，近来忽得了气喘病，常常发作，坐在床上哼，要有人在身后跪着捶背。她还一把一把吐浓痰，甩得满地都是，需要有人不断打扫，要干净就得有人不断给她送吐痰的盖碗，不断洗碗，还要有人侍候她吃药，"定喘丸"。这些事，前房留下的儿子是不干的。她自己的儿子年幼，也不干。前两房留下的两个女儿只好勉为其难，可是小姐也只能轮换管管递药和捶背，打扫之类的事还得由"下人"来做。这样，有了使用丫头的必要。同时，这位县太爷本是穷秀才出身，好容易一步步奔忙到现在，才把历年弄到手的钱捐出去买到一个县官做，五十多岁才真正过官瘾。官太太更有使用丫头之必要。经官媒人一说，Y家的丫头长得又白又年轻，身体又好,听话,能干,只是一双大脚难看,老爷和太太便都同意要。由于是从官府人家出来的,据说总共花了三百两银子才买进了门,取了一个丫头名字。不久,老爷取得了太太的同意,把她收了房,以便自己也得到贴身服侍。没想到这丫头真有福气,竟在这"鼎革"之年,老爷头上的花翎和顶戴都掉了下来的倒霉年头,给他生下了一个儿子。晚年得子,算是难得的喜事。这丫头在老爷的心中地位上升,竟隐隐有候补太太或是正式姨太太的资格,专等那多病的胖夫人归天了。

不幸的是,先归天的不是太太,而是老爷。

三个姐姐

老太爷生了三个女儿,命运各自不同。

大姑娘生得早,命苦。

因为母亲和继母接连死去,她不得不在少年时期就时时要代管家庭内务。后来有了嫂子,她又要尝受小姑和嫂子之间的小矛盾。直到父亲得了关卡缺,生活稍好,接她出去时,她才享受到为父亲做助手独管家务之乐;可是不久又来了一个继母,又添了一个小弟弟,她仍然处在多余的人的地位上。这时她已经二十多岁,转眼就要三十岁了。

那时女孩子的出嫁年龄是十五六岁,十七八岁就算大了。恰恰在那个年岁上,她命运不济,父亲外出谋事,又不曾预先给她定下亲,哥哥不便做主,于是她就这样误了好时光。姑娘二十岁一出头,说媒的也感到困难了。到了外地,更加难有门当户对的人。父亲感到有点对不起她,又非常珍惜这个大女儿,一定要找好女婿,不肯许人"填房"(续娶),她只好困守闺中。

她病了。一天一天消瘦下去。妇女病是女儿家忌讳的；又没有生身母亲和同胞姊妹，无处可说；等到不得不露出真相时，她已经是骨瘦如柴，而且性情古怪，脾气暴躁，同少年时的她自己一比，判若两人了。

这种病是无药可治的。三十岁上，她离开了这个世界。

父亲痛悼这个大女儿，但已无可挽回，只得给她设下一个纸牌位，上写"K大姑芷芳之灵位"。每逢祭祀时给她单摆在一旁，让她也享受一点香火。这是不合规矩的，但也是不得已的变通办法，用以表示哀悼。小弟弟是每逢祭祀总要在这没见过的大姐姐纸牌位前作三个揖。但他一直不能知道，这个未出嫁而死了还留在家里，在祖宗旁边角落上受香火的一张纸封套里的姐姐有过什么样的辛酸。

河南大嫂的唯一女儿七岁病故了。这张"大姑"的纸牌位的纸边上添了两个小字："云姗"。这大概是大嫂亲自写上去的。小侄女陪伴着大姑姑。

二姑娘的命运也不好，却另是一种情况。

她到出嫁年龄时，父亲已经在"关卡"上弄了点钱，有点地位了，一心想找个好女婿。已经耽误了大女儿，不能再耽误二女儿了。

说媒的人提出可供选择的对象中，有一位卸任知府的儿子，还是独生子。河南人，原籍在离安徽老家不远的地方，在外地也算有点乡谊。论家世，没有什么可以指摘的，只怕那男孩子本人配不上二小姐。父亲坚持要相一相亲。这在当时是办不到的。一位知府，尽管是"告老还乡"丢了差使的，也不能让自己的独子去给一个芝麻大的，还算不上是官的，小卡子的小官吏相看中意不中意。可是经过能干的媒人三说两说，居然制造了一个机会，使老太爷能从旁偷看一眼。当然他是不能正式露面的，只能是仿佛路过望见，由媒人指点出来。那位公子果然仪表非凡，气宇轩昂，举止文雅，老太爷十分中意，定下了亲事。

吉期一到，卸任知府家按照旧时礼法，大摆排场，迎亲过门。这边也不能大意，备下丰厚的嫁妆，加上临时陪嫁的"老妈子"护送。吹吹打打，好不风光。老头子了结了一桩心事。

照规矩是三天"回门"，可由兄弟会见一面，实际是检查一下是否受了委屈。这本是例行公事。因为她哥哥不在当地，弟弟太小，这项例规便马虎举行。由一位亲属代表去了一趟。这人回来也没说什么。其实他看见新娘面有泪痕，陪嫁的"老妈子"在旁边皱眉不语，心里知道内有蹊跷，可是不好说。老太爷仍然欢欢喜喜，过了一个月。

满月接回门时，纸包不住火了。

应当是"双回门"，女儿女婿一同来。轿子却只接回了小姐。她进门就大哭，一头扎在床上，什么话也说不出来。亏得陪嫁的"老妈子"也完成任务回来了。这才由她说出了真相。

原来老太爷相中的女婿是冒名顶替的，上了媒人的当。真正的新郎在"拜堂"成婚入洞房后露出了真面目。他身材矮小，面黄肌瘦，显然是个小痨病鬼，娶她去"冲喜"的。如若不然，堂堂知府家里怎会要就级别来说是门不当户不对的儿媳妇？

老太爷这一气真是非同小可。然而女儿受的罪还不止于此。

知府大人夫妇都抽鸦片烟，而且架子极大，要求儿媳"晨昏定省"。夜里在床前侍候，倒茶拿烟，要等一对烟鬼过足了瘾，在大烟催得精神力量松懈下去感到要睡时，儿媳妇才能回自己房去。早晨儿媳妇必须在帐子外面站立侍候，等待帐中一声咳嗽，就要恭恭敬敬送上两小碗燕窝汤。虽然烟鬼半夜才睡，中午才起，儿媳妇也不能不早去侍候，因为说不定烟鬼忽然醒来，一声咳嗽而无人应声，那就不得了，必须儿媳跪下请罪，才得"息雷霆之怒"。这套规矩只适用于儿媳，不适用于儿子。知府要她进门也是为了过一过这种家庭封建等级的瘾。他丢了官，无法对老百姓施展官威，还得对"下人"，直到对儿媳妇，摆臭架子。这是封建官僚的本性。可怜这位儿媳的父亲刚从穷知识分子爬到官僚的边界上，还没有了解官僚家庭内部的一套，仰攀官亲上了当。其实，"多年媳妇熬成婆"，有婆婆，媳妇就得受煎熬，这是封建社会通例，而官僚家庭是其集中表现。可是如果儿媳的家世来头大，那就又当别论了。所以都讲究"门当户对"。

有什么办法？生米煮成熟饭了。

女婿不来见。老丈人心里想着自己相中的假女婿，越想越有气，再也不想见这个真女婿了。

显然，照这样下去，二姑娘不久就会被折磨死。出嫁的妹妹也不比未出嫁的姐姐日子好过。

幸而那知府官瘾比烟瘾更大，自己做不成，要儿子做，花钱给他买一个"候补道"，让他夫妇去武昌，在候补街上赁一所房子候补。老夫妇要等儿子补上了"道尹"（管辖几个县或无管辖而有同等地位的官衔），再去任所享福。这样一来，二小姐暂时免了"晨昏定省"，只剩下对痨病鬼生气和哀叹自己命运了。

那时捐官的如"过江之鲫"，武昌竟然有"候补街"，可见住在那里的候补官之多。这位公子什么也不会，只会花钱请客。他从前清一直候补到民国，还是住在候补街上。他终于戴着候补道的虚衔离开世界，死时年纪并不大。

可以想得到，二姑娘虽出嫁也没有做母亲的福气。起先买了一个小女孩做养女，取名代弟。她当然带不来更代替不了弟弟。后来又买了一个丫头"收房"。丫头取名红梅，图个吉利。那个痨病鬼候补道自然也无法使红梅结子。

公婆和丈夫都去世后，代弟也出嫁了。二姑娘不忍再卖红梅，把她嫁给了一家小康人家，还给了一点陪嫁。也许可以说是她这点好心真得到好报。这时家产已被父子两代在鸦片烟枪和酒席的云雾中花得精光，她只好靠代弟回门给点精神和物质的安慰。红梅也还有时来看望旧主人。

理所当然，她是不会长命的。民国建立没有几年，这位知府一家就烟消云散了。

不幸的是代弟的丈夫是个花花公子，对她很不好。她满肚子的气不能发泄；在她的养母去世前不久便精神失常，以后完全成为疯癫病人死去。

二小姐芙初还不如大小姐芷芳能在娘家留下纸牌位。假如真有鬼魂要香火供养，她死后的处境就更悲惨了。

三姑娘淑娟又另有一种遭遇。

老太爷鉴于二女儿攀高门上了当，决心挑女婿不问家世只管本人人品，又接受大女儿耽搁嫁期的教训，便尽早给小女儿定亲。女婿是二女婿的堂弟。本人果然不错，家庭人口也简单，只有一个妹妹，没有公婆要待候，可就是有一桩大缺陷：穷。他没有家产。老太爷当时正在捐官过瘾，一心以为富贵在望，认为穷不要紧，自己拉扯一把就是了。于是招了一个穷女婿。不料还未过门，自己先丢官去世。过了几年，由长兄做主，三姑娘结婚成礼，去过穷日子。不几年，长兄也去世了，娘家没有了指望，婆家也没有依靠，不幸丈夫中年又与她永别，留下了一儿一女。她想尽各种办法，自己劳动，求亲靠友，无论如何总要让子女读书。两个孩子，又聪明，又有志气，肯求上进，都决心在旧社会中苦苦奋斗，想有出头之日。不料当女孩上到高中男孩初中毕业时，抗日战争爆发了。学校上不成了，姐弟二人还会有什么"远大前程"呢？还用得着说吗？

不过，三姑娘后来终究找到了儿子，还看到他娶上媳妇，生下孙子。说"看到"是虚话，因为她的两只高度近视眼加上老年白内障，这时已经看不见了。可是能在这样情况下离开人世，她还是比两个姐姐幸运一些的。

二嫂

二嫂掀开门帘，拉着弟弟进屋。

屋里的布置没有什么特别。也是架子床，床上整齐叠着两床绣花红被面的被和两个大的绣花枕头。屋内一边是两个大立柜，柜上放着两个方形的大木箱。这就是陪嫁的"双箱双柜"。小窗子前面也是一张条桌，上面也放着梳妆匣。柜子前面是两张条凳，是所谓"春凳"。另一边是一个茶几，两把椅子。床角还有两个方凳子。床的一头，空着的夹道前挂着门帘，显然也是遮马桶用的。那时代中，妇女是不出去上厕所的，这套摆法几乎处处一样。不同的是这房里的一色红的家具新些，刻花和形式都粗糙些，新漆的气味似乎还没有散尽，可是被二哥吸烟的烟的余味遮掩了。

一个大不同处，小弟弟一眼就看了出来。那是墙上贴着一张月份牌，上面画着当时上海的时装仕女。流行的仕女画上常常署名"曼陀"。这种画名叫"月份牌"，却不是当作月历而是当作装饰品并作广告的。画下面就是广告所宣传的货物的商标。

二嫂进房解下裙子，露出下身的绿裤子和一双红绣花鞋。她虽然也裹了小脚，但比起大嫂的足足大了一倍。

她取下手镯，打开抽屉，放进首饰，取出一包糖；打开包，是一条条的小芝麻糖，叫"寸金糖"；大概是二哥买来哄她的最廉价的零食。

"没有好吃好玩的东西给你，吃块糖吧。"她随手递了一块糖给弟弟。

"你看这画好看吗？"她发现了弟弟在望着墙上的画。

她忽然好像想起了什么，说："你认识那画上的字吗？"

恰恰这"曼陀"两个字在《三字经》里没有，那几包字块里也没有。弟弟回答说："上面两个字不认识，下面的三个大字我认识：大—前—门。"

二嫂吃惊地望着小孩子。

"你这么小就认字了！大前门是你二哥吸的香烟，不错。谁教你认字的？"

"大嫂，三哥。"

"大嫂是知书识字的小姐，是会写会算吧？"

"大嫂会打算盘，还会吹箫，下围棋。"

"你二嫂是个粗人，乡下人，一字不识，睁眼瞎。"

小孩子睁大眼望着她。

"这里是乡下,不准妇道人家认字。你二哥也不教我。他不让我知道他看的什么书。他也不大爱看书。可是眼倒近视了,戴着酒杯大的厚眼镜,一刻离不得。四只眼还看不清东西。"

二嫂说着就笑了。

忽然,她又问:

"你知道我是你什么人?"

这个莫名其妙的问题使小弟弟只能回答:

"二嫂!"

"你不知道呀!我是你的小表姐。你知道你有个九舅吗?我是你九舅的闺女。你还有两个表兄在乡下,过几天会来看你们的。我同你二哥是表兄妹成亲。你是我的小表弟。知道吗?"

"不知道。"

"我现在是你二嫂了。可我喜欢做你的表姐,要你做表弟。我没有弟弟,只有两个哥哥,一个妹妹。你还有个十舅,有三个表姐,一个表兄。他们住西乡,我们住南乡,不常见。我本来是你表姐,后来才是你嫂子。你先叫我一声表姐,好不好?"

"好,表姐!"

"小表弟!"二嫂那样开心地笑着,一把拉过小弟弟搂在怀里。

"当着人还是叫二嫂,记住了,小表弟!"

"当人叫二嫂,背人叫表姐。"

"真聪明。"

忽然她想起了什么,不笑了,抬头想了想,打开抽屉,找出一块绣花手帕,交给小弟弟。

"小表弟,表姐实在没有好东西给你,这个你拿去吧。交给你妈妈收着。记住这是小表姐,也是二嫂子,给你的。可不要让旁人知道。——就是不要跟你那个二哥讲。他是糊涂人。"

小孩子从来没有听见过大嫂说大哥坏话,听到二嫂对弟弟骂二哥糊涂,不由得呆了一呆。

"在屋里你怎么还戴顶帽子?"二嫂随手摘下了小弟弟头上的有红顶结的小瓜皮帽。

小弟弟头上露出了头顶中心的一根二三寸长的扎着红头绳的冲天小辫子。

"怎么这么大了还丫头打扮哪?快剃掉吧。你十舅头上留一条小辫子在脑后,不肯剃,像个尾巴,盘起来又像条蛇,谁也不敢碰他。啊!你知道吗?你十舅有病,他是痰迷。"

"痰迷"就是神经病，确切点说，是对精神病人的客气称呼。

小弟弟这时还不懂。十年后他同这位"痰迷"舅舅住在一间房里，又常见到一位"痰迷"姨父时，才亲身体会到什么是"痰迷"。那时是另一位新娘子，一位小表嫂，来跟他讲这些了。她也是一口一声地叫"小表弟"，不过那时他已经有十几岁了。这时他还只有五岁。

二嫂一摸小辫子，发现辫根下面藏着一个小小的肉球，惊问："这是什么？"

"天生的。"

"啊！我知道了，小辫子还有这个用处，遮住它。这是聪明疙瘩吧？疼不疼？"

"不疼。"

二嫂忽然叹口气，说："二嫂是个粗人，乡下人，不准出大门，长大了连房门也少出。你这么小就见过世面了。火车、轮船什么样子，二嫂也不知道。你二哥也不讲，张嘴就笑我土气。那他怎么不带我出门去见见世面呢？他就是嫌弃我乡下人。——哎呀！我话说得太多了。小表弟！可千万不要对人讲你二嫂跟你讲的话呀！答应我。"

"我不说。大嫂说过，学舌是坏人做的事。妈妈也说，小孩子不许讲大人讲的话。"

"你哪里是小孩子？你是真正懂事的大人呀！你二哥……唉！我活到现在也没有对人讲过这么多的话。"

这最后一句话差不多是自言自语的。

"二嫂，啊，小表姐，我走了。妈妈要叫我了。"

"以后常来玩。"不知怎么二嫂竟没有笑。

小孩子跑回自己房里，想起二嫂给的寸金糖吃掉了，给的那块手帕呢？忘掉了吧？

伸手一摸，原来不知什么时候二嫂把手帕塞在他衣袋里了，还包着几块寸金糖。

他把手帕和糖拿出来给妈妈。讲了二嫂房里的摆设和墙上的月份牌，却一字也没有提什么表姐、表弟、九舅、十舅和二哥。这并不是他明白二嫂不该跟他讲这些，也不是他服从二嫂的命令，而是他服从他所属的这个封建知识分子家庭教训他的道德规范：小孩子不许传大人讲的话。尽管大人们经常言行不一，违反自己宣扬的伦理道德，可是教训小孩子倒是有作用的。小孩子是信以为真的。到了小孩子长大，从社会经验中知道真假是混合在一起的时候，小时学来的伦理道德规范就倒坍下来，只能偶然从潜意识中起作用，或者被用作教训别人的武器了。

遥寄莫愁湖

　　她二十二岁，我二十五，1936年，我们相会在莫愁湖。

　　那年我到南京是陪一位女郎去的。在南京住了一个星期，每天傍晚去她的学校门口等她出来，一同用脚步丈量马路，一小时后送她回学校。她是学生，只有这一小时可以出校门。我和她在上火车之前才由朋友介绍认识，就这样成为朋友。

　　我经过南京到杭州时还是冬末，离开杭州再到南京已是初夏。那位女友已经退学走了。又有朋友介绍另一位女郎。我在她办公处找到她，递过介绍人的名片。她立刻说："你要去什么地方玩？我陪你去。"我说，上次来游了玄武湖，去了中山陵，参观了紫金山天文台，夫子庙和秦淮河也见识了。她便说："去莫愁湖吧。我也没去过，星期日下午两点来，我在门口等你。"说完就分手，彼此除名字以外什么也不知道。

　　我到莫愁湖才知道不是公园。湖隐藏在岸边的芦苇和一些不开花的杂树后面。不见房屋也不见有人，一片荒凉景象。沿岸走了一段路，发现停着两只小划子。不知从哪里冒出一个人，问了要划船吗？原来这还算是游艇。可是游人只有我们两个。三言两语说好了。她先上船到船头坐下，脸向船尾。那人问：自己会划吧？她抢先回答："我会划。"我看船太小，若是船尾让给船夫，我只好去挤她并坐了，便没说话，一步跨上去。我刚在船尾坐下，那人用长篙一点，船像箭一样直射湖心。等船慢下来，我把横放着的一把桨举起来要递给她。她不接，说："你划，我不会。"我从来没划过船，回头一看，离岸已远，岸上人不知哪里去了。身在船尾也换不过去。问她："你刚才说是会划的。"她说："我会划北海和昆明湖的双桨，不会用单桨。"我气往上冲，拿起桨来向水里一插，用力向后一划，不料船不向前反而掉头拐弯。我忙又划一下，船又向另一边摆过去。她大叫："你怎么划的？"我说："我本来不会，是你说会的。"这时才看出她只穿一件蓝布短旗袍，坐在对面，两条光腿全露出来，两只手臂也是光的，两肘支在膝上，两手托住下巴，两眼闪亮闪亮望着我，短发飘拂额上，嘴角带着笑意，一副狡黠神气，仿佛说："看你怎么办？"我怒气冲天，又不甘心示弱，便再也不看她一眼，专心研究划船。连划几下，居然船头在忽左忽右摆来摆去之中也有时前进一步，但转眼又摆回头。我恍然大悟，这船没有舵，桨是兼舵的。我也必须兼差。桨拨水的方向和用力的大小指挥着船尾和船头。明是划水，实是拨船。我有轻有重有左有右作了一些试验之后，船不大摆动，摆动时我也会纠正，船缓缓前进了。我一头大汗学会了一件本领，正在高兴，忽听一声笑："你还不笨。"我一心只管划船，望着船头和湖面，惦记手中的桨和身下船尾，没把船中人影放在眼里，忘了同伴的存在。她这一句话将我惊醒，气又冲上来。还没回嘴，船头又偏了。不说话，不理她，只顾划船。越划越熟练，这才暂停，掏出手帕擦汗，看出对面真是个女孩子，满脸笑容，不像讥嘲，倒像是有点欣赏。气消了，满心想停下划船，过去和她并坐，她猛然起身，好像要到船尾来。船一摇晃，她又坐下，说："真抱歉，累了你。我想过去帮你忙，也不行，船太小了。"几句话使我满腔愤怒化为满心欢喜。船已差不多到了湖心。太阳藏在云里。空荡荡的湖。一叶扁舟。有保证能划回去，放下心来，听她唧唧呱呱谈天说地，于是成为朋友。回到市内已是万家灯火，又同吃了一顿晚饭，听她把自己的事说了一通，连为什么没念完大学，改名字，都说了。原来她是前一年冬天"一二·九"以后匆忙离开北京的。饭吃完了，账也结了，话还没谈完。饭店已经打烊了。我们坐在门口,我脸向外,看不见室内。她脸朝里,看见人家收拾桌椅也不说。店伙到我们身边时,她才笑着站起来说:"走吧。"让我一直送她到宿舍门口。以后我就离开了南京。

去南京时我陪的女郎是广东人。再到南京认识的女郎是广西人。前一位是我的朋友的朋友的未婚妻,我上火车时已经模模糊糊知道。后一位陪我游湖时也已经是别人的未婚妻,她却一字不提。说了那么多话,独独不说这件事。半年后她去了东京,是两人结了婚同去的。也没在信中告诉我。我的一位朋友去日本,由我介绍找到她,才来信说明。她同时来信说:"如果你怪我,我就不敢把我的他介绍给你认识了。"

她为什么说我会怪她?这不是和湖上划船一样吗?莫愁湖上莫愁人。二十二岁女孩子的心理,我到现在还是不明白。说我"不笨",太客气了,实在是过奖了。

过了十年,1946年,我又见到她,已经是四个孩子的母亲了。

保险朋友

迢迢几万里外飞来的信：

"以后我不写信去，你就别写信来了。这个朋友总算是始站全终吧？"

这是绝交书吗？不是。原因早已知道了。"来信字改大了，太大了，但墨色太淡，看信仍旧吃力。写信也太辛苦了。""你的一大包信怎么办？"信封上有地址。姓上加了一个姓。外国名字改成中文两字拼音。那是我给她取的名字。

这是"终"吗？不是。这友情是有始无终的。"无终"是"无绝期"。但不是恨，是情，是友情。如果说"全终"是"有终"，那就是1990年春初这封信。

始，1934年春初。北平（北京），沙滩，北京大学红楼，四层楼角上一间小教室。法国教授在这里教法文，讲散文、小说。

这是外语系法文组二年级。学生只有一个人。课堂上

"有人强要我的照片,我剪破了。这完整剩下的部分就寄给你吧。"(日本来信)

倒坐着七八个。多出来的都不是北大学生。其中有两个女的。一个年纪大些，过三十岁了吧？一个很年轻，过不了二十岁。课堂上大家互不交谈。

1933年夏天，张家口起兵抗日失败。不少青年说，还是埋头书本吧。有位朋友从旧书摊上买了一本从英文学法文的自修书送我。那时我会看英文小说还不久，又进了法文新天地。学完了，买了本法文文选，读不懂。北大的法、德、日文组都停办了，只有残余。外文系变成了英文系。法文组剩下二年级和四年级。我便去公共外语的法语班上旁听。原来老师是法国巴黎公社著名人物的后代。上了几堂课只算是练习了发音。有一次课后我到教员休息室去，拿着这位教授编的文选去问。还不能说法语，只好对付讲简单英语。他正在穿大皮袍子要走，见到我问这本书的问题，有点奇怪。

"你是哪一系的？""我不是学生。""哪里学的法文？""自己学的。"

他停了一下，望着我，似乎不信；然后仍用英语说，现在他没有工夫回答我的问题。我可以去听法文组二年级的课。他教小说。寒假到了。下学期去上课。说完，又用法语说，他希望下学期在课堂上见到我。"再见。"

于是我挤进了这七八个人的行列。正式生一脸不高兴。

怎么又多了一个？

年纪大的女生自称"沙鸥"。她法语说得不怎么样，英语很流利，常在课后和老师说话，一句法语带上几句英语。这是个热心人。很快她便认识了我。知道我无学无业，劝我跟她学英文打字。由于她，一年以后我才当了大半年的图书馆职员，正是在她的手下。学法文时她还没有结婚，经常拿我开玩笑，说话有点肆无忌惮。可惜我年轻不懂事，后来突然告别，不做她的部下，一定使她很难过。不过十几年后再见到她时，她仍然热心给我帮忙，没有埋怨我一句。

年纪小的女生除老师外和谁也不曾打招呼。大家轮流各读一段书，读完了回答老师的提问，再听老师讲。只从老师嘴里才知道各人的姓。可是两个女的，一个是把别号似的名字改成法文，一个只有法文名字，连姓也不知道。沙鸥告诉我，那个女孩子是天主教会办的圣心女校的学生，所以法语讲得好。确实她的程度恐怕要算全班第一。她是当时的"摩登小姐"打扮。我把她当作另一类人，决不招惹。虽然知道她的法文名字，还是称她为Z吧。

读的第一篇是《阿达拉》。沙多布里盎的华丽的句子比我的水平高了一大截。那时刚出版了戴望舒的译本，改名《少女之誓》。我看过，但那不是我的书，没有拿来对照。又没有好字典，自己一个字一个字硬抠，准备好了再上课。

教得很快。接着是卢梭的《一个孤独漫步者的遐想》。我觉得容易多了。也许是我的程度提高了。念起来不大费劲而已能摹仿口气了。课能上得下去，又结识了沙鸥，心里很平静。住在一家不挂招牌的公寓里，房租由同住的朋友出，吃饭有一顿没一顿的，穿一件蓝布旧长袍和咔叽西装裤，旧布鞋还是朋友送给我的。尽管这样，忽然直接认识了法国浪漫主义文人，听他们对我讲话，好比到了新天地之中，连同屋朋友早晚吹口琴的乐声也打扰不了我读书了。

刚开始认识卢梭时，有一次我离开教室晚些，是最后一个。出课堂门，眼前一亮。年幼的同学Z女士手拿着书正站在一边，对我望着，似笑非笑，一言不发。难道是她在等我？觉得不搭理不好，又不知说什么，不由自主冲口出来一句："还上课吗？"

"是还有一门戏剧课。你上不上？是个瑞士人教的。"

"他让我去上课吗？我听得懂吗？我也没有书。"

"不要紧。你肯上，我去跟老师说一声，要他多打一份讲义给你。下星期教新课，就在那个教室。"她手一指，然后仿佛要笑出来似的，又忍住了，说："你还能听不懂？下星期来上课啊！"说着扭头就走。我刚转过屋角，见她已到楼梯口，下楼去了。她这样快跑做什么？我想，一定是去放声大笑，笑我不但穷，还傻得可以。她是亲眼看到我从不懂到懂的。真想不去上戏剧课，免得给她作笑料。回去和同屋朋友一说，他倒大笑了。"你当是王宝钏抛彩球打中了薛平贵吗？少胡思乱想。叫你上课就上。怕什么！我担保，少不了你一根毫毛。"

戏剧课的教师是瑞士人，年纪不大，留着两撇黄胡子充老。堂上除了那一位正式生外，就是她和我，还有不常来的一两个，也都是上小说课的。我放下了心。原来她是为老师招兵捧场的。听说这位老师是语言学家（后来才知道还是索绪尔的嫡系传人），上一年开过语言学，没人听，停了。教戏剧，并不懂戏，不过是讲语言。瑞士人讲法语似乎好懂些。后来才知道他的母语是瑞士德语。新教材是王尔德的《莎乐美》。真有趣，瑞士人教英国人写的法文给中国人学。这又比卢梭还容易。

戏剧的教法是扮演角色，各读自己台词。不用说，莎乐美自然是Z女士。正式生自兼国王之类大人物。轮到我，只好当兵。兵的台词不多，听人家的，特别是莎乐美的长篇独白。到底是法国"嬷嬷"（修女）教出来的，音调语气都好，真像在演戏。她和我坐在后排两边，她念时，我偶尔转脸望望她，忽然觉得她眼角好像正在瞥看我。一次，又一次。我想，不必猜，一定是要我表示欣赏。于是我也照演戏式念兵的台词（起初还有点不好意思），并且在她念时点点头，让她见我在注意听。《莎乐美》剧虽短，语言简单又漂亮，热情奔放。王尔德不愧是唯美派文人。念着念着，我感到有点不对。为什么她一念到对约翰说话时就会瞥眼看我呢？我为什么要在她的或我的有激情的台词中去望她而看到她望我呢？她要把我像约翰那样砍下脑袋来吗？心想，决不再望她。可是一听到激动的台词又不由自主地投去一瞥，又不可避免地受到一瞥。这一点我连对同屋的朋友也没有讲，怕他大笑。他也没有再问我的小姐同学。

《莎乐美》快念完了，又选一篇比利时梅特林克的短剧。仿佛是瑞士人存心不教法国人的法文，表示法语文学并不专属法国。

念到《莎乐美》最后一场的那一堂，我去得早些，照例在后排侧面坐下。接着，Z进来了，一言不发就坐在我前面。她打开书包拿出一本印得很漂亮的大本《莎乐美》，翻开就是插图。我一眼看去，禁不住说出口："这是琵亚词侣的画。"她背对着我轻轻笑出声来。有过叶灵凤的介绍和鲁迅的嘲笑，我一眼就看得出那奇异的黑白画风格。果然，不出我所料，她翻出莎乐美捧着约翰头颅的那一张。我轻声说："借我看看。"她头也不回，低低地说："就这么看。"这就是说要我从她的发际耳边去望她手里的书。

太近了。本来就逼人的香气更浓了。我猛然一醒，直起身来。正在此时，老师进门了。

戏剧课上有时只有我们三个学生。正式生巍然坐在前排居中，正对老师，从不正眼看别人一下，表明他才是主人，别人不过是侵占他的权益的鼠窃狗偷之辈。于是余下的两人就自由得多。我们的偶然的交谈和对望都是在这课堂上。小说课上我们是完全的陌生人，彼此从来不互看一眼，冷若冰霜。我和沙鸥越来越熟，只有她谈笑风生。她不上戏剧课，所以她一直不知道我和Z已经互相认识。

学期终了，最后一堂课。我们两人不约而同地最后出来。上午第四节课已下，楼梯上没有别人。她慢慢地靠在我身边走。一步，一步，从第四层楼走下来，走下楼门口的石级，到了大门口，谁也没有出声。两年后，我有两行诗：

记得我们并肩走过百级阶梯，
记得你那时的笑，那时的春衣。

诗不纪实。她没有笑，穿的是一件短袖素花绸旗袍，是夏衣，不是春衣。我穿的仍旧是那件蓝长衫，咔叽裤，旧布鞋。若是有人这时望见这一对，装束截然不同，表情冷漠一样，也许会惊奇:怎么莎菲女士和孔乙己走到一起来了?

迈步出大门口时,我问她:"何时再见?"她没有转过脸来,说:"你可以给我打电话。"随即说了一个号码。我说:"怎么找?"她说:"找九小姐。"我说:"我还不知道你的大名。"她转过头来了,眼睛得更大,问:"沙鸥没同你讲?"我说:"没有。她说过一个名字,那是译音。我只知道你叫——"迟疑一下,轻轻叫了她一声那个外国名字。这是我第一次叫她,谁知会引起以后的无数无数次。她说:"你的名字我也不知道。"我报了名。她才告诉我:沙鸥说的名字不错,但那不是她的本名。她也迟疑了一下才说出名字。她忽然变得口气严肃,甚至是严厉:"你没有听到别人讲我?"我坦然回答:"没有。"这还用问?除了我们自己,谁知道我们认识?当然只是认识,或则还说不上认识,连名字都是刚知道,离普通朋友还远得很。

一辆人力车过来,她坐上去,含糊说了一声法语的再见,转眼就不见了。原来她是有包车的。

我只把这当做人生插曲中的插曲,几句旁白,想不到这会是一段前奏曲,可断,可续。

人变成一个电话号码。不知怎么这号码竟记住了,一直记到现在。

遗忘不易。人不见了，声音笑貌还会浮现出来。都怪我有一天忽然又想起她来，心里犯疑。她为什么告诉我电话？是真？是假？不妨打一回试试。不料一找九小姐，居然灵了。一听声音："谁？"我慌了："是你的同学。""哦！知道了。有事吗？"急中生智："我星期天上午去找法国老师。你能去吗？""哦，到时候看吧。还有事吗？"她是不耐烦，还是盼望我说什么？"没有了。"接着讲了法语的"再见"。她照样回答，挂上了电话。星期天，我去法国老师家。理所当然她没有去。我笨极了。假如沙鸥知道这件事，一定会笑得止不住。

不知怎么，过了些天，我又想起她来，又想做个实验。我去查电话簿。那时私家电话不多，很容易找。那个号码的住址栏有胡同和门牌，户名不是她的姓。我写了一封法文信。简单几句问候和盼望开学再见，附带说我在教暑期夜班世界语，地点在师大。这信只是给她我的地址和姓名。此信一去石沉大海。

我想，很好，人家本来是做一段游戏，我为什么认真？见面，通信，又有什么可说？本是两个世界的人，又何必通气？岂不是自寻烦恼，可笑？难道我还真的想和她成为朋友吗？

暑期过去，法文课上不见她了。瑞士老师也离校了。

我也就不想她了，以为留个回忆更好。现象总不如想象。不料，忽然收到她从日本寄来一封信，居然是毛笔写的文言信。说是她姐姐从日本回来，"述及三岛风光"，于是东渡进了早稻田大学。附了东京一个女子寄宿舍的地址，说希望我将北大法文课情况"有暇见告"。从此通起信来。

通了一年信，又到了暑假。忽然从本地来信了，要我定时间，她来看我。这下子我手忙脚乱了，在信里我是无所畏惧的，侃侃而谈，上天下地，好像我们真是朋友了。可是见面呢？眼前人不似信中人，岂不是煞风景？越想越怕，立刻回信辞谢，不知说了什么没道理的道理。当然通信又中断了。自己也不知道做得对不对。不料暑期一过，从日本又来了信，说："既不愿见，自当遵命。"又说还是希望有信给她。

这一来，我真的堕入迷津了，不知道是怎么一回事，也想不出该怎么办。

北平西城一个小胡同内一所四合院的小厢房中，我单独面对一个女郎。这是我的一个好友的小妹妹。那位朋友对我说过一些妹妹的事和她讲过的话。最令我惊奇的是说她有一次游北海公园划船时竟从船上跳下水，救上来后什么也不说，一副厌世自杀的样子。这次我去找她的哥哥。

她一人在家，好像是知道我，招待我进去。说她是小孩子，太大；说是大人，又太小。喜笑颜开，哪有丝毫厌世模样？

"我要上高中了。我不想上学。我都十五岁了。""哦！十五岁的大人！""怎么？你笑我？我不怕人笑。我什么都不在乎。"一副顽皮样子，不像生气。停了一会，接着说，"你爱看电影吗？我爱看。"

我没有钱看电影，多半是朋友请我看，而且多半是看外国电影。她说她中外电影全看，不过外国电影说外国话她不懂，同时看旁边字幕太别扭。电影这个题目也有点谈不下去。

说着话，她忽然站起身来，噗嗤一笑，说："你看看，我这样就见你。"用手拉着短旗袍的左腰，原来是裂了一个大口子，皮肉都露了出来。她不但不掩盖，反而笑得开心，好像我是她家里人，一点不见外。

我有点窘，起身要走。她笑个不停，指着腰间那个露皮肉的破口子，说："你走吧。我不送了。到大门口给人看见，多不好。"真的不把我当外人了。实际上这才是第一次见面谈话，也是最后的一次。

不知为什么，我一连几天都想着她。忽然冲动，给她写了一封信。用毛笔在花格稿纸上仿佛写小楷。字字都是胡话，无非是对她的什么祝愿、希望之类。这不是写信，是写字；不是对话，是独白，当然不会有回信。

过几天见到她的哥哥。他不问，我也没有提这件事。又过几天，有位朋友对我说了，她哥哥对那朋友说，他小妹妹收到了我的信，说是"那个芋头给我来信了"。不置可否，那朋友说："你怎么看上那个小丫头了？脾气古怪哪。别再惹她吧。"我听了，心中很不是味。怎么？见一次面，写一次信，这就是"看上"了？她是小孩子，我也不大，怎么扯得上爱情、婚姻？真的是"男女之间无友谊"吗？于是我又去了一封信，告别，祝福，附上从照片上剪下的一个头像，批着"芋头一枚"，贴在信纸上。寄去，明知不会有下文。这孩子的名字是X。

过了暑期，她上了高中，碰巧和认识我的一个同乡女郎同校。同乡女郎又有一个好友，也是同学。她们都认识X，知道了这件事。有一回在朋友家见到她们。那位新认识的朋友是个异乎寻常的热心人，竟然问我："你怎么不找X了？不给她写信了？"我窘得无言可对。只好说："她不理我。""不理你，你就不理人家了？有人三番五次，十次八次，一百次，写信，求见面，碰到硬钉子，还不肯回头呢。"我有点生气了。她当我是什么人？说："见面，写信，只要她愿意。我那两封信她不理，就请你替我把信要回来吧。"说了，又懊悔。人家想必早已扯掉了，还想要回来？可是，她说："你的信还保存着哩。你的话我给你传过去。她给，我就带给你。"我忽然想起，她们大概已经看过我的信了。现在没看，带回来时也会看。这可不好。尤其是那位同乡女郎。我曾经替追求她而碰钉子的人（我并不认识）打抱不平，当初第一次见面就说过讥讽的话。所以我更不愿意她知道我的事。哪知她早已忘了几年前的我，而且正闹着自己的纠纷，对我毫不在意。这只是她那位朋友热心。我当时真着了急。马上告辞。走时单对那位热心女郎低声说了一句"拜托"。

有一回我去中山公园，遇上了那位热心女郎和别人一起游园。她一见我就嚷："我找你找不到。你托我的事，我办到了。"随即从口袋里掏出一个信封递给我。有别人在场，我不等她多说话，道个谢，转身就跑，也不问X还有话没有。这位热心女郎以后还和我一同做了一件给别人帮大忙的事。她上北大物理系，我还去女宿舍看过她。此后再没有见面，只知道她最后下落很好，当年决想不到。她生来是个好人，我知道，尽管不是很熟。

X的插曲就此完了。以后听到她的一些令人丧气的消息。最后据说是失踪了，不知所终。

又是北平西城一所小院子里。一对新婚不过半年的夫妇。男的是我到北平结识的第一个好友。由于我曾在他回家时给他写过一暑期的信,安慰他的所谓"失恋",他把我算做弟弟。可是这位新夫人比我还小几岁,不像嫂子。有天傍晚,我去看他们,忽然多了一个女孩子,原来是他的妹妹W。这个哥哥非常高兴,说,妹妹来了,弟弟也来了,今晚非喝酒不可。四个人喝了一顿酒,我竟醉了。往常喝这一点酒我是不会醉的。醒后也记不得对那嫂子和妹妹说过什么胡话。哥哥也醉了,说:"今天是我这个新家的全家福,是我自己的家。搭个行军床,你也住在这里,不用回公寓了。"两个女的不知醉了没有。屋里拉起大床单隔一隔。天气不冷。不知怎么安排的。我倒在行军床上糊里糊涂一觉睡到大天亮。睁眼一看,可了不得,那个妹妹大概没有醉,先起来了。我猛然一跳就起身,揉揉眼睛,还没张嘴,就听到这个妹妹笑开了,说:"真像个猴子!"我一下子醒了。怎么"芋头"变成了"猴子"?看来"妹妹"是危险物品。没吃早饭我就走了。好多天没有再去。后来才知道,这位妹妹突然来到是有原因的。家里早给她定了亲,说定了男方供给她上学,到大学毕业后结婚。不料她初中刚毕业,男家便催着要娶。她一着急,一个人离开家找哥哥来了。若是男方不食言,她便留在北平上学。若是男方不供给,那就断绝关系,不承认婚约。看来男方不会放心让她在外面,她也不会回去了。我和W在她哥哥离开后又见过。抗战一开始,消息中断了。

照算命的说法,我好像遭逢"妹妹"煞。从此我不交有妹妹的朋友,除非这个妹妹比我大得多或小得多。然而,若真有命,那是逃得出去的吗?

几十年后重相见,我才知道W在兵荒马乱中游击队伍里还没忘记我这个"猴子"。可是我怎么能知道呢?

我下了决心。既然到了好像是总得有个女朋友的境地,那就交一交东京这个女同学做朋友吧。是好奇,也是忘不了她。于是写了信,把给X的两封信都附进去。也不知这怎么能说明我拒绝和她见面。说来说去总像是怕见她。又说,还是她这个通信朋友保险。我隐隐觉得我写信给X是对象错位。下意识里恐怕是要写给Z的。可是又不对。像那样的信若算情书也只能是情书八股。Z恐怕不知收到过多少,扔掉过多少。我岂能给她写那种呓语?也不知我给她写了些什么。没多久就来了回信。两信附回来了。信中说她很高兴,想不到内中还有这样的曲折。"你只管把我当作保了险的朋友好了。"

真是心花怒放,有了个保险的女朋友。一来是有一海之隔;二来是彼此处于两个世界,决不会有一般男女朋友那种纠葛。我们做真正的朋友,纯粹的朋友,太妙了。不见面,只通信,不管身份、年龄、形貌、生活、社会关系,忘了一切,没有肉体的干扰,只有精神的交流,以心对心。太妙了。通信成为我的最大快乐。我不问她的生活,也不想象她是什么样子。甚至暗想她不如别人所说的美,而是有缺点,丑。她可能想到什么,寄来了三张照片。一张像是在日本房子的廊下,对面站着;一张是坐着,对着打字机,侧面。(是不是因为我说正在学打字?)另一张是孤单地坐在椅子上,正面。站着的,穿的是日本女学生的制服吧?不是旗袍,也不是连衣裙。坐着的,穿着旗袍,像是在北平家里。没有烫发,是个普通学生的童发式样,还有短短的"刘海"覆在额上。这是上法文课的那个人吗?在日本的,没有笑,手拿着书,眼睛望着我,神气全和初次面对我说话时一样,然而装束打扮大不相同了。正面对我坐着的,眼神似有疑问,我疑心还稍带忧色。她这是告诉我,她并不是沙鸥描写的"风流小姐"吗?要我放心,她是可以做我的真正朋友的,是"保了险的"吗?后来证明,她还是给我"保险"的朋友。多次"遇险",幸亏有她在心里才不致遭灭顶之灾。

恰巧这时,沙鸥给我帮忙,到了北大新图书馆里当职员,在她的属下。每月有工资,生活不愁了。每月有信来往,精神安定了。我读书，写诗，作文，翻译，从来没有这样快乐。不快的心情全送进诗里和给她的信里。每次她的信都能消除我的烦恼，不管信多么平淡。原来一个知心女友能使我那么愉快，真没有想到，真该永远感谢她。

我见到古铜镜铭语后写给她的诗句：

"见日之光长勿相忘。"
则虽非三棱的菱花
也应泛出七色来了。

我参加每月一次的中国人和外国人、教法文和学法文的人的茶话会，认识了一些人。每次都由我发请帖，所以知道主客双方。有一次，请客的主人是几位女士。忽然来了清华大学的吴宓教授。吴先生一人独坐在角落里，仿佛沉思，又不时面露微笑。我去和他攀谈，谈旧体诗，谈新出版的《吴宓诗集》，谈他的学生钱锺书。随后他寄给我他的诗集，夹着钱锺书的小本诗集，说明两书一定要看后寄还。另外还有他的新作，《独游西山诗》七律。我一高兴，"次韵"和了他的诗。其中有一首他特别指出来问我背景。这首诗是：

也知真意终能解，争奈蛾眉不信人。
信里多情情易冷，梦中一笑笑难亲。
每量诗福犹嫌薄，纵去醉乡安敢频。
闻道女牛行相会，夜深翘首望天津。

吴先生再见到我时一定要我说"天津"是在天上还是地上。我只好说是天上。其实也是地上。那时从北平到日本是在天津上船的，正好借用天津以押原韵。再以后，我才告诉了吴先生，我的女朋友的事。他听后大为激动，大大责备我一通。在北平，在昆明，在武汉，几乎每次提到Z时，他都慨叹说我太不应该，总是我不对。我以为我正是照他的柏拉图哲学实行精神的爱的，为什么他反而不赞成呢？这首诗当时大概没有寄给Z，也可能寄去过。诗说得有些过分，而且不合实际。实际不能说她不信我，而是我不信她。她以后曾在信中说我"是个怎么也不相信人的人"，而且当面还说过："我知道，你就是不信。你信不过我。"如果她曾经真的为此对我不满，甚至伤心，我真是犯下罪过了。难道吴先生责备我的确实不错吗？我自以为总是轻信，上当，不是不信人，而是处处提防，防不胜防。我相信的，往往不可信。我不相信的，反而是应当相信的。Z是真心朋友，我现在知道了，用一生的过程证实了，太晚了。

北平火车站上。几个男女青年送一个女的。我站在那里，不是送行的而是陪行的。送行的都对女的说话，不理我。直到车开，我和女的在靠窗一边对面坐下。我才有机会端详这位戴着红绒线帽的旅伴。

亚工，我在北平较晚认识的一位好友，忽然对我说，有一张到南京的免费车票，是双人的，可是只有一个人去。他问我能不能利用。那时我刚卖了一本天文学译稿，得了两百元，抵我几个月的工资。本来我可以请假游玩一趟再回来。沙鸥会批准的。可是我竟没想到，以为每年译两三本书便可生活，天南地北到处邀游，便留一个条子向沙鸥辞职，不告而别。现在想来，实在对不起她，太鲁莽，太少不更事。但对我来说，却是有收获而无损失。因为离卢沟桥事变已不到两年，我迟早是要南下的。

这个红帽女郎，我见过几次，也算认识。她是我的朋友的朋友的朋友。她见我面对她老不说话，便掏出一本小书来看。我看出是罗素的小册子。有了话题，开口谈哲学。我连她是做什么的，到南京有什么事，全不知道，也不问。

哲学谈不下去，改变话题。她说："听说你学外国话很快。我看你学中国话不行。你到北平几年了？还带南边口音。"

我反驳:"你也带一点广东口音。"

"胡说!我是在这里上小学的,师大附小,怎么会有广东口音?"也许她觉得过分了,笑着接下去,"你能听出我有广东音?反正比你地道。"

几句话一说,我才发现她真好笑。从车站上一直到车厢里,她总是愁眉苦脸心事重重的。这时笑逐颜开了。为了验证我学中国话也行。她教我讲广东话。

她先说"系唔系"。我照学不误。又教一个"乜嘢",我发音不准了。她一连教几遍,越笑越厉害,简直笑得脸红了。又教"细佬哥"。我不知是什么意思,学了一遍就不学了。问她是什么。她笑着指我说:"你就是细佬哥。"说完了又用广东话说,笑得几乎断了气,中断一两次。我不知道这有什么可笑。知道了"细佬哥"就是孩子、娃娃,也不觉得可笑。倒是她这个人有点可笑,所以我也笑了笑,她接着教我一二三四数目字,教一个字,笑一气。我只好跟她学,陪她笑,让她拿我当笑料。对广东话我并无兴趣,想不到后来会去香港还有点用。但对这个人兴趣越来越大。我和一个差不多同年的女的坐得这样近,谈得这样开心,还是第一次。我们又笑又闹。我也没想到旁边人怎么看,只看她一个人。

她的脸越来越红，不知道是不是笑出来的。忽然她一转脸。天已黑了。车里灯也亮了。车窗是关着的，玻璃上照出了她的红脸。她一头扑到车窗上，不笑了。我跟着扑过去，也对着车窗，问："到哪里了？"她没有回答。我才发现，两人的脸正好在车窗玻璃上并列。她两颊发红，神情严肃。我像个大孩子，什么也不明白，两眼瞪着。都不说话，也没有避开，互相望着玻璃上的脸。不知道过了多少时候，总不止几秒钟。我才听到她似乎轻轻吁了一口气，转过脸来，说："你知道，我到南京就改名字了。"愁眉不展的神色又出现了。

"我只知道你的外国名字。"我说。

她眼睛睁得很大，脸不红了，迟疑一下，问："他们都没跟你讲我？"我说："谁也没说，我也不问。"这时她才讲出她的名字，又说她到南京以后用的名字。这些都是假的。她没讲出她的本名。过两年我才知道。又过些年，她正式结婚，恢复了原名。这里面的原故，我是后来才一步一步明白的，但也不十分清楚。我不想打听，不想知道她的身世。

她是Y。本来在广州上大学英文系，到北平来改学绘画，去年考上南京戏剧学校，又改了名字。那外国名字只有几个熟朋友才叫。"不过你可以叫。在外人面前还是叫我现在改的名字。"我以为她因为要演戏所以改名留姓，不知连姓也是假的。至于为什么要这样改名又改姓，我也不以为可疑。但我隐隐觉得她虽然喜欢艺术，也会弹钢琴，对绘画和戏剧并没有特别兴趣。眉宇间时时出现忧色。不过这一路上两人都很愉快，像毫无拘束的多年朋友。

南京到了，一下车就有人接她。是比我们稍大些的女的。她知道了同来的我，连正眼也不望一下。出站上了马车。来接的人说，早就想坐一次马车。一路上我成了多余的人，两人都不理我。霏霏小雨中到了戏剧学校。我见到一位北大英语系毕业的人。他在当职员。我和他谈了几句北大的朋友，在办公室里坐了一会。一进门，两个女的就自顾自走了。再来时，Y给了我几个包子，对我说，每天傍晚可以来找她，平时不能出校门。在办公室里我见到校长余上沅，戏剧家应云卫，留长发的男学生。那位职员朋友都没有介绍。我和他不熟，但知道他的身份，觉得他有点不大愿意我多引起人注意，便走了。他以后在戏剧界、电影界、政治界风波中演的角色，因为他一再改名字，几年前我才从一篇说到他原名的为他辩白的文章中知道，可是他已去世而且没有人提到了。

阴雨蒙蒙中我每天傍晚找她出来散步。两人很少说话，完全不是旅途上有说有笑的样子。我还请她和那位去接我们的人去喝一次咖啡。那位女士本来也应算是我的朋友的朋友的朋友（后来才知是夫人），但好像对我隐含敌意。Y在她面前对我也有点拘束。我每天找Y好像她并不知道。因此，我和两个朋友约Y星期日去燕子矶就没有通知她。没有她，Y又有说有笑，是活泼的女孩子了。这中间的顾忌，我到杭州后才有点明白过来。那位在北平的朋友，我原以为是Y的丈夫或未婚夫，其实并未和她定名分。这位朋友通过她转给我一封信，感谢我，说是Y每次离开北平都心情不好。这次有我陪伴，一路上很高兴，到校后还为我每天同她雨中散步而缓解了忧愁，是我有功。信中一再附上"请告地址"。第二次把字写得很大，还注上英文"扩大再版"。但我没有照办，复信仍由Y转。我自以为明白了内情，不想让他直接来信说Y什么。是不是我又做错了？

Y在南京烫了发，照了一张相片，签名送我。她来信说，那张照片被照相馆放大搁在橱窗里，经她抗议才收回。她以后又改装了，有了个"刘海"。信中说："你知道'刘海'吗？是这样的。"画出了大半个脸的自画像给我看。

这对夫妇都是我的好友。五十年代末，男的先去世。又过十年，Y也去了。没有子女。我把她也当作妹妹，其实她不会比我小，也许还大些。

信在东京和北平、南京、杭州之间来来往往。谈心越来越多，越深。具体的事却不多。我的诗都寄给她。她每次都说喜欢和感谢。我写诗也越来越多。也对她说过Y。大概没好意思说"芋头"变成了"猴子"。她还"恭贺"我一再有了"妹妹"。说她还继续学钢琴。说见到日本诗人西条八十。说她在毕业前不打算回国，所以我可以放心写信，不必害怕见她。不论她说什么，我看到来信就心生欢喜。她后来告诉我，我在信里写了一些她常说的话，使她姐姐看到后觉得奇怪。她用紫色墨水。我用绿色墨水。她的紫色字迹多年还清楚。我的绿色字迹恐怕现在都已经淡得看不清了。她也不能再看了。也不用再看了。她会记得，忘不了的。她在最后信里说我的信是"多么好的文章啊"。真是说文章吗？

抗战开始了。我匆匆转道南下，先回老家。居然她从香港来明信片到我老家。因为我曾回过家一次，她来过信，知道地址，所以来明信片希望有人转给我。恰好我在离家前一天收到了。她还怕失去我的踪迹。怕我无法知道她到了香港。我到武汉，她也有信到武汉，因为她知道武汉大学有我的好友。我到长沙，她的信又追到长沙。我行踪不定，但到处给她去信。

"我有点怕。这个保险朋友有点不大保险了。"香港寄长沙的信中有了这句话。

我怎么办？

长沙稻谷仓二号。以后长沙当局在战争中自己放的火也没有烧掉这一所房子。里面一间大屋里住着四个人。一个是我。一个是从日本回来，又送Y南下的教授。在南京接Y的就是他的夫人。另外是一对夫妇。四人中只有女的有职业，是国立戏剧学校的助教。这房子就在学校附近，她和Y和那位教授的夫人都是同学。她家在北平，姓名也是假的，是演员的名字。她演《茶花女》主角时就用这个名字，以后才从舞台上消失了。这个四人合组的"家"就靠她的微薄工资维持。我和她的丈夫一文不名。教授有点钱还想办杂志。他的家乡也沦陷了。他最着急的是他的夫人据说去了延安，还写信骂他只想当教授，不知干革命，不去抗战。四人中我是真正的食客。可是女主人对我很好。她才二十岁出头吧？外表看不出孩子气，住在一起才知道她的天真烂漫。这对夫妇直到去世都是我的好友。我结婚前夕曾又住在他们家。她还拿我开玩笑，认为我结婚是一件非常有趣的事，笑得很特别，很开心。

随着长沙临时大学搬昆明改建西南联合大学，戏剧学校也迁往重庆。我们送那对夫妇上了船。教授朋友去西安想找回他的夫人。"家"解散了，我无处可去。经一位朋友介绍去当地力报馆白住吃闲饭。每天三餐干饭,加一餐夜宵供夜间工作的人。不论人数多少照例开一桌。我都跟着吃。也没人问。报是大报,工作的人并不多。社论是社长自己写。他作了一首七律给我看。我便依原韵"奉和"两首。录一首如下,又是"也"字起头:

也愿伴狂学纵酒,无如量浅酒杯深。
匹夫有罪惟怀璧,王法无情莫议今。
献璞当年须刖足,论人此日要诛心。
伤时涕泪休轻洒,珍重青衫未湿襟。

有一回,社长想了一个社论题目,说了意思,我自告奋勇执笔。湖南人看重古文,我就写文言,加些四六对句。以后他便常常出题给我作文。有文言也有白话,加上新名词,新句法。这算是我付房饭钱。不料到离开时社长还给我稿费。一篇社论约一千字,一块钱。这成了我从长沙到香港的路费。

我到香港是"逃难"去的,是去找饭吃的。所指望的是一位好友,就是介绍我陪Y南下的亚工。一则是实在无路可走,二则是实在想再见那位保险朋友。这时的友情已经大非昔比了，不过还是朋友。"友谊至上"。"情人易得，友人难求"。这是我们两人共同承认的。

到广州在街上闲游一天，听广东话想起Y。她已经回老家了，没有和她的朋友在一起。一个人不知有多寂寞。搭上晚车，昏暗中经过荒凉的深圳，到九龙时已是万家灯火。由尖沙咀轮渡过海到香港。在一家小旅馆中放下行李，先去见Z。准备第二天一早找亚工。他们都是我临离长沙前匆忙写信通知的。

太白楼，学士台，简直不像香港的地名。在山半腰，原来离亚工借住的香港大学宿舍不远。Z姊妹搬家以后，住进同一所房子的是从上海来的戴望舒夫妇。Z原先住的是下层。戴住上层。

一敲门，一位戴眼镜的女郎开门。不等我开口，她就说："是金先生吧？请进来，你等一下。她在上面。我去叫她。"匆匆出门上楼了。

一间屋子，两张床，桌子，椅子，很简单，不像小姐的绣房。我坐下等了好半天，无影无踪。不知为什么，只好一个人枯坐。

忽然姐姐开门进来，说："她在屋顶上等你。你顺着楼梯上去。"她几乎是把我赶了出来。我迟疑着上了楼时，一个很年轻的青年下来，和我擦肩而过，好像是瞪眼看了我一下。

到最上一层，钻出屋顶，黑暗中看到有个人影远远站在一角。衬衫，长裤，是她吗？是她。打扮全变了。不是在北大上课的样子了。

"怎么来得这么快？也不先打个招呼。早上收到信，晚上就到了。"

开口就埋怨，真成熟朋友了。

"我来得太快了？"

"你来得太迟了。太迟了。"

我不懂这话是什么意思。黑暗中，渐渐看清楚了。脸还是那样子。眼睛、鼻子、嘴都没变。同我还是一样高，一样瘦。对望着，没有说话，只拉住了手。

天上星光灿烂，没有月亮。山顶上有点点的灯光。山下和隔海的九龙，灯光密一些。一排排路灯盘曲着显出山道，那是1938年初，旧香港。

屋顶上有一道水泥的横梁。她拉着我的手过去，并肩紧靠着坐下。

"你今天来得正巧。我们明天搬家。在九龙租了房子，是新盖的。明天不要找我，后天到新房子去。"

谈话不知不觉到了深夜。天上星横斗转。仗着天文常识，我知道再不走就要天亮了。紧拉着手一同下楼。又像在北大红楼那次离别一样，可是情分不一样了。

这是一次特殊的谈话。她把信里不能讲的，也许是对别人都不讲出来的，一件又一件向我倾吐。我也照样回报。从自己到别人，从过去到未来，从欢乐到悲哀，都谈到了。这是真实无虚的对话。我们的关系从此定下来了。没有盟。没有誓。只有心心相印。她有的是追她谈爱情谈婚姻的人，独独缺少真心朋友。那么，"你没有朋友么？我就是。我来补这个缺。"她的话，我一生没有忘记。我的话，我一生没有改变。可惜的是，我太没用了。一丝一毫没有能帮助她解除烦恼。除了写信，还是写信。就是信，也常常引起她烦恼，甚至生气，可能还伤心。现在，不止现在，到我临离开这世界的时刻我还会对她心有歉意。恐怕我还是没有真正完全懂得她的心思。我这一生总是错中错。人家需要温情时我送去冷脸。人家需要冷面时我喷出热情。不是"失人"，就是"失言"，总是"错位"。北平同学半年，九龙见面一年，断绝又接上，接上又断绝的通信五十七年。见面，有说不完的话。不见面，见心，心里有永不磨灭的人，人的情。

她最后来信前曾表示，想和我打隔小半个地球的电话。我竟没有表示欣然同意。难道是我不愿和她谈话？不愿听她的声音？不是。我太老了，没有五六十年前那样的精神力量了，支持不住了。

夜谈回来，我提笔写了几首绝句。后来她也看了。这表达了我们两个人两颗心当时及以后直到现在和未来的情吧？这里抄下四首。

浮生若梦强为欢，怕听空山泣杜鹃。
天上蛾眉真解事，古今不见永团圞。

人间乐事苦无多，色色空空证佛陀。
邻座何劳示玉玦，臣心如水不扬波。

愿借星辰证我心，春宵似水苦寒侵。
海天有尽情无尽，多露何堪更夜行。

忽漫相逢已太迟，人生有恨两心知。
同心结逐东流水，不作人间连理枝。

1990 年春初

一点经历

我1930年来北平(北京),无家无业在这古都漂泊;只有过一次短期就业,那便是在北京大学图书馆当职员,和一位同事对坐在出纳台后,管借书还书。那不到一年的时间却是我学得最多的一段。书库中的书和来借书的人以及馆中工作的各位同事都成为我的老师。经过我手的索书条我都注意,还书时只要来得及,我总要抽空翻阅一下没见过的书,想知道我能不能看得懂。那时学生少,借书的人不多;许多书只准馆内阅览,多半借到阅览室去看,办借出手续的人很少。高潮一过,我常到中文和西文书库中去瞭望并翻阅架上的五花八门的书籍,还向书库内的同事请教。当时是新建的楼,在沙滩红楼后面。书库有四层。下层是西文书,近便,去得多些。中间两层是中文书,也常去。最上一层是善本,等闲不敢去,去时总要向那里的老先生讲几句话,才敢翻书并请他指点一二。当时理科书另在一处,不少系自有图书室,这里大多是文科、法科的书,来借书的也是文科和法科的居多。他们借的书我大致都还能看看。这样，借书条成为索引，借书人和书库中人成为导师，我便白天在借书台和书库之间生活，晚上再仔细读读借回去的书。

借书的老主顾多是些四年级的写毕业论文的。他们借书有方向性。还有低年级的，他们借的往往是教师指定或介绍的参考书。其他临时客户看来纷乱，也有条理可循。渐渐，他们指引我门路，我也熟悉了他们，知道了"畅销"和"滞销"的书，一时的风气，查找论文资料的途径，以至于有些人的癖好。有的人和我互相认识了。更多的是我认识他，他不认识我。这些读书导师对我的影响很大。

若不是有人借过像《艺海珠尘》（丛书）、《海昌二妙集》（围棋谱）这类的书我未必会去翻看。外文书也是同样。有一位来借关于绘制地图的德文书。我向他请教，才知道了画地图有种种投影法，经纬度弧线怎样画出来。他还介绍给我几本外文的入门书。可是我只当作常识，没有学习，辜负了他的好意。又有一次，来了一位数学系的学生，借关于历法的外文书。他在等书时见我好像对那些书有兴趣，便告诉我，他听历史系一位教授讲"历学"课，想自己找几本书看。他还开了几部不需要很深数学知识也能看懂内容的中文和外文书名给我。他这样热心，使我很感激。

教授们很少亲自来借书。有一次进来一位神气有点落拓的穿旧长袍的老先生。他夹着布包，手拿一张纸向借书台上一放，一言不发。我接过一看，是些古书名，后面写着为校注某书需要，请某馆长准予借出，署名是一位鼎鼎大名的教授。我连忙请他稍候，不把书单交给平时取书的人，自己快步跑上四楼书库。库内老先生一看就皱眉，说，他不在北大教书，借的全是善本、珍本，有的还是指定抽借一册，而且借去一定不还。这怎么办？后来才想出一个主意。我去对他恭恭敬敬地说，这些书我们无权出借。现在某馆长已换了某主任，请他到办公室去找主任批下来才好出借。他一听馆长换了新人，略微愣了一下，面无表情，仍旧一言不发，拿起书单，转身扬长而去。我望到他的背影出门，连忙抓张废纸，把进出书库时硬记下来的书名默写出来。以后有了空隙，便照单去找善本书库中人一一查看。我很想知道，这些书中有什么奥妙值得他远道来借，这些互不相干的书之间有什么关系，对他正在校注的那部古书有什么用处。经过亲见原书，又得到书库中人指点，我增加了一点对古书和版本的常识。我真感谢这位我久仰大名的教授。他不远几十里从城外来给我用一张书单上了一次无言之课。当然他对我这个土头土脑的毛孩子不屑一顾，而且不会想到有人偷他的学问。

又一次来了一位风度翩翩的女生借书，手拿一叠稿子向借书台上一放。她借的是一些旧杂志。我让取书人入库寻找，同时向那部稿子瞥了一眼。封面上题目是关于新诗的历史的，作者是当时在报刊上发表新诗的女诗人，导师是一位声名显赫的教授。我大约免不了一呆。她看出我的注意方向，也许是有点得意，便把稿子递给我看。我受宠若惊，连忙从头到尾一页页翻看。其中差不多全是我知道的。望望引的名字和材料，再看几行作者的评论，就知道了大意。大约她见我又像看又像没看，就在我匆匆翻完后不吝赐教。她说，这是导师出的题目，还没有人作过，现在是来照导师意见找材料核对并补充。她还怕我不明白，又耐心说明全文结构，并将得意的精彩之处指给我看。旧杂志不好找，所以等的时间长。她是以我为工具打发时间吧？不过她瞧得起我，仍使我感动。我由此又学到了一点。原来大学毕业论文是有一定规格的，而且大家都知道的近事也能作为学术论文的内容。

我当时这样的行为纯粹出于少年好奇，连求知欲都算不上，完全没有想到要去当学者或文人。我自知才能和境遇都决不允许我立什么远大目标。我只是想对那些莫测高深的当时和未来的学者们暗暗测一测。我只想知道一点所不知道的，明白一点所不明白的，了解一下有学问的中国人、外国人、老年人、青年人是怎么想和怎么做的。至于我居然也会进入这一行列，滥竽充数，那是出于后来的机缘，并不是当时在北大想到的。可是种因确实是在北大。

我的好奇心是在上小学时养出来的，是小学的老师和环境给我塑成的。这一时期，不论进不进学校，是谁也跳越不过去的，而且定型以后是再也难改的。大学教师，无论是怎样高明的"灵魂工程师"，也只能就原有的加以增删，无法进行根本改造。大学只是楼的高层而不是底层。中学、小学的底子不好，后来再补就来不及了。教育是不可逆转的。我们不能不顾基础，只修大屋顶。若是中文、外文、古文、初等数学、思维方式、艺术情趣、体育、人品的底子在幼年和少年时期没打好，只怕大学和研究院是修建在真正的"沙滩"上，而不是至今未倒的"沙滩"的红楼。北京大学现在有幼儿园、附小、附中，正是一个全系统教育结构。只管上层不管基础是不行的。北京大学到1998年100周年时，也就是戊戌变法100周年时，又是日本明治维新130周年时，将成为幼儿园、小学、中学、大学、研究院合成的一个教育系统工程的全新工地。北大应当在当前已开始出现的全世界教育大变革浪潮中处于前列，到21世纪发挥国际性的作用，无愧于我们的伟大祖国。这是我的真诚的希望。

1988年

文丐生涯

"Estuverkisto！"世界语者杨景梅送我到他住的公寓房间门外时这样说，这句用世界语说的话的意思是，当一个作家吧。

当作家，就是靠卖文吃饭，谈何容易。清末民初的上海文人中有人自嘲为文丐，看来不过是开玩笑，真正穷到那样地步的只怕不多。外国有站在街头拉小提琴或奏什么乐器的，表面上似乎自得其乐，实际上是指望路上行人在他面前帽子里放下一点钱。那可以叫作艺丐吧。他的生活大约和文丐的一样难受。杨君劝我当作家，也就是文丐，本是好意，无奈我不是不当而是当不起。我有过一段文丐生涯。此时回首当年，真有啼笑皆非之感。

写点东西给人拿去使用并不难，但要靠这个得钱维持生活就是另外一回事了。三十年代初我到北京，头两年家里还接济，后来哥哥一死，生活来源便断绝了。幸亏有朋友介绍我到德州教了半年书，没有挨饿。这时一位朋友当报纸副刊编辑，把我的一些习作拿去发表。我一文钱稿费也没得到。我算是给朋友帮忙，为那家报馆尽义务了。我写了几首新诗寄给《现代》杂志。发表了，可是诗没有稿费，据说是文人遣兴作诗，给钱便俗了。我从此知道，诗文不是可以和金钱交换的商品。卖文的不是做买卖，是讨饭，当文丐，凭老板赏几文是几文，不赏也没法。我这时进学校没钱，没文凭，找职业没学历，做工当兵没体力，只有手中一支笔，不当文丐又干什么。所以杨君才那样说。

不料天无绝人之路，那位编辑朋友居然说服报馆老板，让我和朋友黄力在副刊地盘上编一个文学周刊，每月四次，没稿费，给编辑费六元。黄君是大学毕业，有资格。我发表过诗文，有能力。黄君还没找到职业，他父亲继续供给生活费。他邀我同住，不要我出房钱。这六元他也不要，全归我。我们住在北京大学附近。东斋宿舍对面有一家饭铺，专做学生的生意。可以先交一元立个小折子记账，以后随时交钱，透支几顿饭也可以。我一顿吃半斤炒饼或烩饼，一小碗酸辣汤，约合一角钱不到。这样，一天两顿饭只要两毛钱。一月有六元收入，我勉强饿不死了。可是每月两三万字稿子，要分为许多篇，篇篇形式内容不一样，要求不低。写出各种各样文体，署上形形色色笔名，可不是玩的。没有外稿，有也不能用，没稿费。全靠我们两人

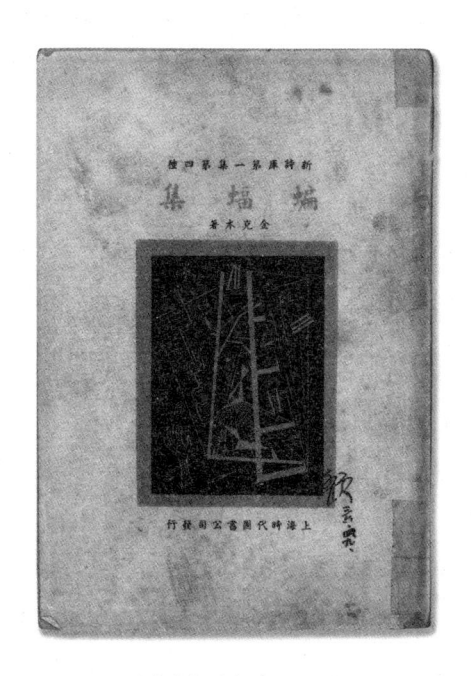

金克木新诗集《蝙蝠集》

自己一字一字写出来。开头不难。黄君有了用武之地，大展宏才，一篇又一篇。我又写又译。两人大过写作发表瘾。几期以后不行了，字数不容易凑满了。我说黄君是"江郎才尽"，他还不服，说是很快就有杰作出来。果然，他没有食言，写出了长篇小说的开头。

黄君的小说题是《五丈原的秋风》，写诸葛亮之死。主题悲壮，文笔细腻，用诗的语言烘托出秋日荒原两军对峙的氛围，预兆悲剧即将到来。

"真不平常。"我说。他听了很得意。

连载几期之后，他愁眉苦脸了。我知道是遇上了困难，也不好问。

我们这间房的窗外，房东栽了丝瓜和扁豆。棚上的绿叶遮得室内一片清凉。黄君便取室名为瓜豆寄庐。他胖，是瓜。我瘦，是豆。种瓜得瓜，种豆得豆。这时已是秋天，开始落叶，稀疏的阳光射进室内。我望了望窗外，说："瓜豆寄庐要改名了。"

他好像突然惊醒，开口便问："你说，诸葛亮临死时是什么心情？"

"我怎么能知道？你打算怎么写？"

"我本来想写的是，他这位丞相的死和卧龙岗上农夫的死没什么两样。可是现在写下去就必须是英雄的死了。怎么办?"

"小说中人物往往是不随作者意图发展的。"

两人都不说话了,各做各的事。到晚上,我提醒他,明天必须交卷。后天报馆工人一早来取稿。他没答复。

第二天早上我起来一看,黄君已经出去了。桌上留下一张纸条,写的是:"对不起,你自己填空吧。"这害得我忙了一天才补齐了稿子。

工人取稿时带来一封信,是那位编辑朋友王君写的。原来王君有妻有子,报馆给的钱太少,从下月起他辞职转业去汉口了。当然我的六元钱也告一段落了。黄君也不必为写诸葛亮的死发愁了。小说有头无尾不要紧,我的饭钱又没着落了。

更糟糕的是,黄君也要搬走了。他的父亲不让他长久闲住,逼他结婚,给他一笔钱,叫夫妇一同去日本留学。这样,我的住房也成为问题了。

绝处逢生,比我小一岁的张益珊自愿和我同住,房钱当然由他出。我不必搬家了。

一位东北朋友找我合作写一篇论世界经济与"九一八"的大文章。我跑了一星期北京图书馆,查抄外国杂志,拼凑出来,由他加上头尾,居然换来几十元。正当饭铺掌柜开口讨账时,我一次交他三元,对他的笑脸望也不望一眼就昂然出门。

辛辛苦苦伤脑筋的创作只值两角钱一千字,东抄西抄的论文倒值两块钱一千字,价值和价格的比例不知是怎么算的。

照这样当文丐,那几年我是活不下来的。居然活下来仍然是靠卖文,不过不是自己的文,是翻译洋人的文。洋人总比土人值钱,翻译是土洋结合,仗着洋人大名,文就比较好卖,这是我那几年文丐生涯的经验。至于怎么发现翻译的路,那就说来话长,要另起炉灶了。

1997年11月

译匠天缘

> 黄金的青春与希望
> 今在何方?
> 已如吹啸着的风
> 风去茫茫!

这是我第一次翻译的一首诗中的一节,是从世界语译出的,30年代初发表在北平一家报纸的副刊上。那是北师大一个学生编的周刊,当然没有稿费。以后我和黄力给另一家报纸编了几期文学周刊,只有每月六元编辑费,没有稿费。为了凑数,我从世界语译出了两篇短篇小说,《海滨别墅》和《公墓》。两位世界语者,蔡方选、张佩苍办起了只有名义没有门面的"北平世界语书店",出版了两小本《世汉对照小丛书》,一是蔡方选编的《会话》,一是我译的这两篇小说。我得到一部世界语译本《法老王》的上中下三大本作为报酬。这算是我的翻译学徒时代,没有拿工作换钱。

我在蔡方选那里看到一篇《世界语文学三十年》，是用世界语写的文章，介绍本世纪的世界语的翻译和创作。我借回翻译出来寄给《现代》，发表了，第一次得到了稿费。接着又从蔡先生处借来英国人麦谦特用世界语创作的幽默小说《三英人国外旅行记》，译出来寄给《旅行杂志》，又发表了，又得到了一笔更多的稿费。这算是我学翻译"出师"了，进入译匠时期。匠，就是技术工人。我这一辈子正是教书匠兼翻译匠兼作文匠，不过大概只能评上二级，属于二流。

1931年南方江淮大水成灾。政府收银圆，禁止流通，发行纸票子"法币"，将白银存入美国换外汇，得到棉麦贷款。灾民遍地。大城市里报纸宣传捐款救灾。我写了一封信给《大公报》副刊，说我亲身经历过的淮河水灾惨状，无钱，以稿费作捐款，署名何如。刊登出来，编者徐凌霄加上题目《何如君血泪一封书》，还写了《编者按》。信不到千字，稿费最多不过一元。不知是否捐出，反正我没得到。

偶然在天津《益世报》副刊上看到一篇文，谈天文，说观星，署名"沙玄"。我写封信去，请他继续谈下去。编者马彦祥加上题目《从天上掉下来的信》，刊登出来，当然是没有稿费的。那位作者后来果然在开明书店出了书，题为《秋之星》，署名赵辜怀。

想不到从此我对天文发生了浓厚兴趣，到图书馆借书看。那时中文通俗天文书只有陈遵妫的一本。我借到了英国天文学家秦斯的书一看，真没想到科学家会写那么好的文章，不难懂，引人入胜。于是我照着这书和其他书上的星图夜观天象。很快就认识了许多星座和明星。兴趣越来越大，还传染别人。朋友喻君陪我一夜一夜等着看狮子座流星雨。朋友沈仲章拿来小望远镜陪我到北海公园观星，时间长了，公园关门。我们直到第二天清早才出来，看了一夜星。他劝我翻译秦斯的书。我没把握，没胆量，没敢答应他。

我认识了读过教会中学又是大学英文系毕业的曾君。他从英译本译出苏联小说《布鲁斯基》，要我给他看中文。我对照着读了一遍，觉得这样的译文水平我也能达到。译科学书不需要文采，何况还有学物理的沈君和学英文的曾君帮忙。于是我译出了秦斯的《流转的星辰》。沈君看了看，改了几个字，托人带到南京紫金山天文台请陈遵妫先生看。稿子很快转回来，有陈先生的两条口信，一是标星名的希腊字母不要译，二是快送商务印书馆，因为天文台也有人译同一本书。我仍没勇气直接寄去，把稿子寄给上海的曹未风,请他代办。他立刻去商务,可惜还是晚了。答复是已经收了别人的译稿了。他马上去中华书局很快得到答复,出两百元收买版权。他代我做主办了手续。我第一次卖出译稿得了钱,胆子忽然大了,想以译书为业了。实际上,商务出书后,开明书店接着出版另一译本。过了两三年,中华才出版我的译本。一本通俗科学书同时有三个人译,陆续出版,可见竞争激烈,但我没注意。三本书名不同,商务出的是《闲话星空》,开明的是《宇宙之大》,译者侯硕之,后来和我成为朋友,他译得最好。

此时我已经在北大图书馆当职员,每月工资40元。我想,一年译两本这样的书就够全年天天上班的收入了,何必还要坐班?忘了求职业的艰难,想不到译书卖稿的困苦,突然从自卑变成心高气傲,立刻辞职去杭州,在西湖边上孤山一角租房住下,到浙江图书馆找到一本《通俗天文学》,一面看,一面从上海买来新的书。看完就从头译起,自命不凡,以为当上译匠生活无忧了。

书译出来,再托曹未风去卖给商务,又得一笔钱。回北京后,下决心以译通俗科学书为业。凡是我这个科学水平低下的人能看懂而且感兴趣的书,我就译出来给和我同样的人看。外国有些大科学家肯写又会写这类书,内容新而深,表达浅而显。严复译的《天演论》不是赫胥黎的通俗讲演吗？沈仲章拿来秦斯的另一本书《时空旅行》，说是一个基金会在找人译，他要下来给我试试。接下去还有一本《光的世界》，不愁没原料。他在西山脚下住过，房东是一位孤身老太太，可以介绍我去住，由老人给我做饭。我照他设计的做，交卷了，他代我领来稿费。教数学的崔明奇拿来一本厚厚的英文书《大众数学》，说他可以帮助我边学边译。我的计划，半年译书，半年读书兼旅游，就要实现了，好不开心。哪知人算不如天算，我不是生活在真空中。这时是1937年6月，"七七"事变前夕。我1928年离开家当小学教员，到此时已有十年了。好不容易才有了活下去的条件，哪知仍是泡影。

日本军阀的侵略炮火和炸弹粉碎了我的迷梦。从此我告别了天文，再也不能夜观天象了。

抗战时期我奔走各地谋生。在香港这样的城市里自然无法观天，即使在湘西乡下也不能夜里一个人在空地上徘徊。只有在从缅甸到印度的轮船上，过孟加拉湾时，站在甲板上望着下临大海的群星灿烂的夜空，回想恐怕再也不会有的观星之夜，怀着满腔惆怅之情了。

在印度，城市里只能见到破碎的天的空隙。在鹿野苑，是乡下，没有电灯，黑夜里毒蛇游走，豺狼嚎叫，我不敢出门。在浦那郊区，不远处有英国军队基地，又是战时，怎么能夜间到野外乱走？悬想星空，惟有叹息。

1970年前后，我在江西鄱阳湖畔鲤鱼洲"五七干校"劳动。白天可以仰望广阔的天空，看不见星。夜里不能独自出门，一来是夜夜有会，二来是容易引起什么嫌疑。

八十年代起，城市楼房越多越高，天越来越小，星越来越少，眼睛越来越模糊。现在九十年代过了一多半了。我离地下更近，离天上更远了。

从1937年起，做不成译匠，望不见星空，算来已有整整60年了。

1997年11月

泪

"男儿有泪不轻弹，只因未到伤心处。"这是昆曲《林冲夜奔》中的台词，好像是出于明朝李开先的《宝剑记》。近来不止一次见到报刊上有人引用，由此想起，有男无女，岂不偏向？是不是古代女子都像老前辈贾宝玉先生说的那样是水做的，容易流泪，和男的不能相比？可是也不尽然，那位以流泪出名的林黛玉女士魂归离恨天时只说了半句话："宝玉！你好……"并没有大哭一场。大概是伤心哭过以后泪就干涸了吧？于是我想补一句："女儿有泪不重弹，只因已过伤心处。"

我一生认识的女的，除去家里人，连勉强可以算是朋友的在内，好像全是嘻嘻哈哈的，没有愁眉苦脸的。这并不是说，她们个个都没有伤心事，不过是不肯当着人在脸上表现出来罢了。有一回，我和一个女朋友谈到此事，当然那是在青年时代，她嘴一扁说："人家有眼泪也不会当着你哭。"我问为什么。她说："怕你笑。"说着她自己也笑了。笑确实是止哭的妙药。

又一次,我和另一位女朋友谈天。两人都是二十几岁,彼此对坐,并无他人,说话毫无顾忌。忽然不知说到什么事,我说了大概是不大妥当不好听的话。她脸一板,转过头去对着墙。我也下意识地转过脸对着窗户。窗外有一棵小树,仿佛是月季,正开着几朵花,在阳光下显露红艳艳。我忽觉不对,转过头来,恰好她也同时转头,脸对着脸。我还看见她手中拿着一块小手帕正在往袋里塞。她仿佛生气了,问我:"你为什么转过脸去?"我脱口而出:"你为什么转过脸去?"她愣了一下,说:"你别以为我哭了。我没流眼泪,你不许瞎胡想。"我忙回答说:"我看得见你脸上没有眼泪。我又不是瞎子,怎么会瞎想?"她一听,笑了。笑解消了差一点酿成的心里疙瘩。

有时也不是那么容易以笑解哭。整整六十年前,一九三三年,我还只有二十出头的年纪,有一位好朋友突然被捕了。他是无缘无故受连累,所以不久便放出来。但我听到消息时以为入狱就不能活着出来,很伤心,又哭不出,便信口占了一首五言律诗,还加上一段小序。这诗后来给那位朋友看到,他又转给别人看,过了些年,再转回到我手里,所以至今还能记起来。不用说,这是一周甲子以前属于过去时代的过去故事,诗也是古老的作品了。但也不妨写出来再看看。诗题是《即事》。序中说："癸酉冬，至友某突遭禁锢。怀璧其罪，腹诽当诛，天王圣明，夫复何言！结习未忘，缀成四十字。代哭不成，书愤不敢，聊以记事耳。"诗云：

泪尽何堪哭？心伤转不惊。
有头皆罪犯，识字是灾星。
止渴安求鸩？入山莫避秦。
同怜亲尚在，南望白云深。

这一回我没有哭，没有流泪，但还作了诗。从此以后不但没有哭过，连这样的诗也不再作也作不出了。真是泪尽了，或者是本来就没有眼泪，眼泪都在前世浇了什么草了。那草生在沙漠里，泪水也没有救活她，所以今世不仅我自己没有泪，也没有看见人对我流过泪。

1993 年 9 月

我的"偷袭"

第二次世界大战结束五十年了。追本溯源，大战的开始并不是1941年12月日本偷袭美国的珍珠港，也不是1941年6月德国袭击苏联，又不是1939年9月德国进攻波兰引起英、法对德宣战，实际上是日本侵略中国战争中的1931年沈阳的"九一八"和1932年上海的"一·二八"，到现在已经有六十五个年头了。提起"九一八"，我不禁大有感慨。大事不说，谈一件个人小事——是我的一次"偷袭"。

话说"九一八"后的1933年，我流落北平，无学无业，物质生活困难，只有精神生活过得不错。在东城沙滩原北京大学附近一家不挂招牌的公寓里，有一个和我同年龄的朋友租了一间房，约我陪伴他，不要我出房钱，他天天跳跳蹦蹦哼着歌曲去学英文和音乐，还准备考大学。我每天徒步走到北海旁边新建成的北平图书馆去看书。新到的杂志报纸和一些中外文参考书，都摆在各阅览室的架子上任人阅览。借书也只凭入门时领的凭证，不必花费一文钱，早餐吃豆浆烧饼，几分钱，中午晚上一顿炸酱面或炒饼之类，都不到一角钱，每月饭费不过六七元。可惜的是，我家中这时断了接济，连这最低的生活费也没有来源，手里的钱快要用完。实在是快到喝西北风的程度了。同住的朋友只靠他的父亲每月寄来二十元，除了免费招待我住房以外，无力相助。其他朋友也差不多。想打工也没处去，没人要。图书馆毕竟是只供精神食粮不管饿肚子的。

忽然一位东北籍朋友来找我，开口便说：

"我要同你合伙做一笔生意，你不答应也不行。"

"我没有本钱，也不会做生意，快要饿死了。你还开什么玩笑？"我有点生气。

"绝不是开玩笑，是正经话。你的头脑就是本钱，听我说，我们的东北老家丢了，张少帅（学良）不能不照管我们这些流亡的老乡。有几个人办了一份杂志，找他出钱，算是救济我们，也让他少挨几句骂。这刊物办得还不错。我有个朋友是这杂志的编辑，找到我，出了一个题目，说是主编迫切需要这篇稿子。他来找我约人写稿。题目是《世界经济和"九一八"》。主编认为要赶在别的刊物前面发表这类文章，只是找不到人写。大学的专家教授不肯写，也不一定会写，要写也不给我们这流亡杂志。可是这杂志若能刊登这样又有学术又有政治既专门且通俗的论文就可以提高身价，找少帅要钱也就好张嘴了。只要文章好，有分量，作者有没有名气倒不要紧，署个笔名让人猜就是了。你说，这笔买卖送上门，哪能推出去？我一口答应找人合作。你不是正需要钱吗？弄一笔稿费可以混几个月。我是法律系学生，讲政治可以，论经济是外行。我可以写头尾的政治部分，主题的世界经济部分你来写。怎么样？为了吃饭，你答应下来吧。只是要快，不能等他找到别人。"

"我也不懂经济，不能无中生有哇。"我说。

"那我不管。你去大图书馆求救兵吧，过几天我来听你回话。"

晚上我对同住的朋友一说，他笑得止不住，急忙往床上一躺，哈哈了半天。

"说你写诗歌散文小说戏剧我都不奇怪，怎么会有人找你写文章论世界经济？那人是不是有神经病？哈哈哈！"

"你这样看不起我，我倒要写给你看看。"我说。

第二天我照例又去北平图书馆，直奔杂志室。先看要稿子的杂志什么样，心中有了底。再去翻新的中文外文综合性刊物，又借查当年的旧刊物。不用一天我就找到了。果然那位主编有眼光。中国杂志上除介绍经济恐慌的以外还不见这类文章,外国杂志上已经有了,也不多。尽管不是这样的"截搭题",不提"九一八",可是关于1929年开始的世界经济危机以及对国际政治的影响,两年来已有了几篇。新的文章已经提到了德国的希特勒趁机给"纳粹"捞到一笔政治资本,准备上台。统计数字和图表都有,而且好像并不难懂,那些都不是专门经济学的刊物。于是我就一篇篇排起次序读了下去,随读随做笔记,抄下可用的资料,仔细想文中讲的理论和事实。不到一星期我就开笔写草稿。

东北朋友来了,一见我手中的一叠笔记和草稿,大大开心。同住的朋友也把大拇指一竖,说:"真有你的!我认输,向你道歉,致敬。我真心服你了。"

"免礼!免礼!惭愧得很。我不过是当了一次小偷,偷人家的,抄袭人家的。干偷袭的鸡鸣狗盗之徒,何足道哉!"我嘴里这样说,心里是高兴的,不过不踏实。

"这样的文,杂志会要吗?"我问。

"十有八九。我马上去要他开订单。想不到你能这样快。他找不到别人,就得用我们的。不用,我要他赔偿损失。我们不能白干。"

"什么损失?不过是坐着不动抄资料编排成文章的工夫罢了。"我说。

又一个星期，我们两人把文章拼凑出来了。从维也纳银行倒闭引起纽约股市风潮说起，讲到欧洲政治变化，再从欧洲"纳粹"的危险行动讲到亚洲日本的趁火打劫，还特别着重指出，中国的吃大亏在于不注意了解世界经济动向，不重视经济和政治军事的密切关系，所以必须对国人加强这种新知识的宣传，顺带暗中吹嘘了本刊的远见。文中的理论和资料都是人家的，只有文章是我们自己写的，特别是说了"九一八"。

朋友拿去稿子，过了一个星期还不见下文。我想，这下子白忙了一阵子，下个月就要没饭钱了。同屋的朋友又想开口嘲笑，又有些不忍心，我看得出他的古怪神气。

终于东北朋友来了。一见面就掏出几张钞票，一共三十元，给我二十元，自己留下十元。

"真倒霉！文章卖掉了，稿费也预支来了。据说主编很欣赏，那朋友算是立了一功。为了赶时间，把刚发出的下期稿子换下来一篇。那篇只有六千字，于是把我们的将近一万字的删成六千字，还说是统计数字太多，删去不要紧。特别把两块钱一千字的稿费提高到三块钱一千字。我不答应，说一定得照原来一万字给稿费，还得比千字三元更高。那位朋友说，我们都没有专家教授头衔，无论如何不能拿到四元五元一千字。三元已是特别照顾了。说好说歹，拿了他三十元，多少还有救济我这个流亡同乡学生的意思。本来可以都给你，不料我忽有急用，只好拿下三分之一。"

我说："怎么？你没说文章的背后有好几位洋专家，说不定还是中国教授的老师呢。十块钱一千字也不多，反正有少帅出钱。"

"得了，偷袭成功就不错了，还想夸口露馅吗？恭喜你，又有两三个月不愁吃饭了。"

过了六十多年，我交代这次"偷袭"，不怕追究知识产权。教书，作文，不这样"偷袭"的只怕少有。论文哪能都像文学创作那样处处自出心裁？大家多少都得"偷袭"，只看谁的手段巧妙花样翻新罢了。

凭这样的明偷暗袭拿到一千字二元的稿费，我居然在北平活到了1937年"七七"，才匆忙搭最后一班火车，离开了那里。

鸟巢禅师

鹿野苑的中国庙的住持老和尚德玉,原先是北京法源寺的,曾见过著名诗僧八指头陀寄禅。他偶然还提起法源寺的芍药和崇效寺的牡丹。但他不写诗,只是每晚读佛经,又只读两部经:《法华》和《楞严》,每晚读一"品",读完这一部,再换那一部,循环不已。

他来到"西天"朝拜圣地时,发现没有中国人修的庙,无处落脚,便发愿募化;得到新加坡一位中国商人的大力支持,终于修成了庙;而且从缅甸请来了一尊很大的玉佛,端然坐在庙的大殿正中央,早晚庙中僧众在此诵经礼拜。

他在国外大约有二十多年了吧,这时已接近六十岁,可是没有学会一句外国话,仍然是讲浓重湖南口音的中国话。印度话,他只会说两个字:"阿恰(好)"和"拜提(请坐)"。

有一天他对我说,他要去朝拜佛教圣地兼"化缘",约我一起去。我提议向西北方去,因为东南面的菩提伽耶、王舍城和那烂陀寺遗址我已经去过了。他表示同意,我们便出发到舍卫国、蓝毗尼、拘尸那揭罗去。这几处比前述几处(除伽耶同时是印度教圣地因而情况稍好外)更荒凉,想来是无从"化缘"乞讨,只能自己花钱的。我只想同他一起"朝圣"作为游览,可以给他当翻译,但不想跟随他"化缘"。

这几处地方连地名都改变了,可以说是像王舍城一样连遗迹都没有了,不像伽耶还有棵菩提树和庙,也不像那烂陀寺由考古发掘而出现一些遗址和遗物。蓝毗尼应有阿育王石柱,(现在想不起我曾经找到过)仿佛是已经被搬到什么博物馆去了。在舍卫国,只听说有些耆那教天衣派(裸形外道?)的和尚住在那里一所石窟里,还在火车站上见到不少猴子。

老和尚旅行并不需要我帮多少忙,反而他比我更熟悉道路。也不用查什么"指南"。看来语言的用处也不是那么大得不得了,缺了就不行,否则哑巴怎么也照样走路?有些人的记忆力在认路方面特别发达。我承认我不行。

老和尚指挥我在什么地方下车,什么地方落脚,什么地方只好在车站上休息。我们从不需要找旅馆,也难得找到,找到也难住下。我这时才明白老和尚的神通。他是有目的有计划的,他带着我找到几处华侨商店,竟然都像见到老相识的同乡一样，都化得到多少不等的香火钱，也不用他开口乞讨。

到佛灭度处拘尸那揭罗，我弄不清在一个什么小火车站下的车，下车后一片荒凉，怎么走，只有听从老和尚指挥。

他像到了熟地方一样，带着我走，我也不懂他第一次是怎么来的。这里有的是很少的人家和很多的大树。他也不问路。原来这里也无法问路。没有佛的著名神圣遗物，居民也不知道有佛教，只是见到黄衣的知道是出家人，见到我这个白衣的知道是俗人，正像中国人从佛教经典中知道"白衣"是居士的别称那样。

"这里只能望空拜佛。有个鸟巢禅师住在这里，我们去会他。"

我知道唐朝有位"鸟巢禅师"，是住在树上的一个和尚。如果我没有记错，《西游记》小说里好像还提到过他。怎么这里也有？

"他是住在树上吗？"我问。

"那是当然。"老和尚回答。

又在荒野中走上了一段，他说："就要到了。"我这时才猛然想起玄奘在《西域记》中记山川道里那么清楚，原来和尚到处游方化缘，记人，记路，有特别的本事。

突然前面大树下飞跑过来一个人，很快就到了面前，不错，是一个中国和尚。

两人异口同声喊："南无阿弥陀佛！"接着都哈哈大笑起来。我向这新见人物合掌为礼。

这位和尚连"随我来"都不说就一转身大步如飞走了。还是老和尚提醒我说："跟他走。这就是我说的鸟巢禅师。"

走到大树跟前，我才看出这是一棵奇大无比的树，足有普通的五层楼那么高。在离地约一丈多的最初大树杈上有些木头垒出一个像间房屋一样的东西。树干上斜倚着一张仿佛当梯子用的两根棍和一格一格的横木。

鸟巢禅师头也不回，一抬腿，我还没看清他怎么上的梯子，他已经站在一层"楼"的洞门口，俯身向我们招呼了。他仍不说话，只是打着手势。

老和尚跟了上去，手扶、脚蹬；上面的人在他爬到一半时拉了一把；一转眼，两位和尚进洞了。

这可难为我了。从小就不曾练过爬树，我又是踏着印度式拖鞋，只靠脚的"大拇指"和"食指"夹着襻子，脱下拿在手里，又不便攀登，因为手里还提着盥洗用品之类。勉强扶着"梯子"小心翼翼地，手脚并用地，往上爬，一步一步，好容易到了中途。大概鸟巢禅师本来毫不体会我的困难，只拉了老和尚一把就进去了；现在看到我还没有"进洞"，伸出头来一望，连忙探出半身，一伸手臂把我凭空吊上去了。我两步当一步不知怎么已经进了"巢"，连吃惊都没有来得及。

原来"巢"中并不小。当然没有什么桌、凳、床之类，只有些大大小小的木头块。有一块比较高而方正的木台上供着一尊佛。仔细看来，好像不是释迦牟尼佛像，而是密宗的"大威德菩萨"，是文殊师利的化身吧？佛前还有个香炉样的东西，可能是从哪位施主募化来的。奇怪的是他从哪里弄来的香，因为"炉"中似乎有香灰。

三人挤在一起，面对面，谈话开始了。鸟巢禅师一口浙江温州口音的话同老和尚一口湖南宝庆一带口音的话，真是差别太大了。幸亏我那时年纪还不大，反应较灵敏，大致听得出谈话的大部分，至少抓得住要点。

湖南和尚介绍了我并且说我想知道鸟巢禅师的来历。禅师听明白了大意，很高兴。大概他不知有多长时间没有和人长篇讲话了，尤其是讲中国话。我想，他也许会同这次路上"化缘"时见到的一位华侨青年一样干脆夹上印度话吧。然而不然，他非常愿意讲自己的家乡话。

"我一定要见佛，我一定能见到佛的。"这是他的话的"主题"。"变调"当然多得很，几乎是天上一句，地下一句，不过我还是弄清楚了大致情况。

他是温州人，到"西天"来朝圣，在这佛"涅槃"的圣地发愿一定要见佛，就住下修行。起先搭房子，当地居民不让他盖。他几次三番试盖都不成，只能在野地上住。当地人也不肯布施他，他只能到远处去化点粮食等等回来。这里靠北边，近雪山脚下，冬天还是相当冷。他急了，就上了树，搭个巢。可是当他远行募化时，居民把巢拆了。他回来又搭。这样几次以后，忽然大家不拆他的巢了。反而有人来对着大树向他膜拜。他也不知道是怎么回事。往后就好了。他安居了下来。

"我也听不懂他们的话。后来才知道，他们见我一个月不下树，也不吃东西，以为我成佛了，才让我住下来了。我也就不下树了。索性又搭了两层'楼'，你们看。"说着他就出了巢。我同老和尚伸头出去一望，禅师正在上面呼唤。原来再上去约一丈高的又一个树杈处，他搭了一个比第一层稍小的"巢"。他招手叫我们上去。这可没有梯子，只能爬。老和尚居然胆敢试了几步。禅师拉着他时，他在巢门口望了一望，没有钻进去，又下来了。禅师随着出巢，三步两步像鸟一样又上了一层。从下面望去，这似乎又小了一些。仿佛只能容纳一个人。他一头钻进去，不见了。我看那里离地面足有四丈左右，也许还不止，不过还没有到树顶。巢被枝叶掩住，不是有他的行动，看不出有巢。

过一会儿，禅师下来了，他毫不费力，也不用攀援；

不但像走，简直像跑，也可以说是飞，进了我们蹲在里面的第一层巢。

"我在上两层的佛爷面前都替你们拜过了。"

这时我才明白，他上"楼"并非为显本事而是为我们祈福。不过这一层的佛像前，我们也没有拜。老和尚没有拜，可能是因为他看那神像不大像他所认识的佛。禅师却替我们拜了一拜，嘴咕噜了几句。我忍不住问："难道你真有一个月禁食不吃斋吗？"很担心这一问会触犯了他。

他毫不在乎，说："怎么不吃？我白天修行，念经咒，夜深了才下去在荒地上起火，做好几天的饭，拿上来慢慢吃。这里的人不布施我，我就在夜里出去，到很远的地方化点粮食、火种、蔬菜、香烛，还是深夜回来。这里好得很，冬天不太冷，夏天也不太热，我也不知道过了多少春秋。我自己有剃刀，自己剃发。自己提桶到远处提水。什么也不求人，一心念佛。我发愿要在这里亲见佛爷。你们看。"说着，他把下身的黄褐色布裙一掀，露出两膝，满是火烧的伤疤。这使我大吃一惊。难修的苦行。可是，这不是释迦牟尼提倡的呀。

他又说："现在不一样了。常有人来对树拜，不用我远走化缘，吃的、用的都有人送来了。我也不用深夜才下树了。有时这里人望见我就行礼，叫我一声，我也不懂，反正是把我当做菩萨吧。"

我估计这两位和尚年纪相差不远,都比我大得多,都应当说是老人了,可是都比我健壮得多。

我同老和尚下树走了。鸟巢禅师还送了我们一程才回去。他告诉了我,他的法号是什么,但我忘了。他并不以鸟巢禅师自居。他巢内也没有什么经典。他说诵的经咒都是自幼出家时背诵的。从他的中国话听来,他也未必认得多少中国字。他的外国话也不会比鹿野苑的老和尚更好多少。

在车站上等车时,恰巧有个印度人在我身边。他见到我和一位中国和尚一起,便主动问我是否见到住在树上的中国和尚。然后他作了说明:原来这一带被居民相信是印度教罗摩大神的圣地,所以不容许外来的"蔑戾车"(边地下贱)在这里停留。尤其是那棵大树,那是朝拜的对象,更不让人上去。"后来不知怎么,忽然居民传开了,说是罗摩下凡了。神就是扮成这个样子来度化人的。你们这位中国同乡才在树上住下来了。居民也不知他是什么教,修的什么道,只敬重他的苦行。你知道,我们国家的人是看重苦行的。"我看他仿佛轻轻苦笑了一下。我想这也是个知识分子。

孟加拉香客

有一天，在鹿野苑，我去中国庙时又见到那位C.I.D.（刑事犯罪侦缉处）的人坐在大门口板凳上。

这个穿着不起眼，像农民模样的人原来是警察局的便衣侦探。这是他自己告诉我的。有一次我看见他在庙门口徘徊，问他有什么事。他坦然回答我说，他是C.I.D.来这里看看。我知道那是半公开的特务机关，里面是一些受雇用的愚蠢而险恶的家伙；一听说，心头不觉有一阵厌恶，便没有再理他，进庙去了。等我出来时，见他还在徘徊，很生气，又问了他一句："这里有什么好看的？要看就进去坐着好好看吧。"他的回答很爽快，说他是奉命来中国庙门口守着，看有什么人来，有几个人来，只守半天。现在完了，只看见你一个中国人，立刻就回去。说完，他果真拔步便走了。他的半天任务半小时还不到便算完成了。我想英国人花钱雇这种人当特务管什么用？只能扰害老百姓。

这天又见到他，不知哪里弄了个凳子坐。看来他有个座位，想来不止坐半个小时了。我走进大门，没有理他，装作不认识。他一见我到身边却连忙站起来，欠着身子合掌行礼，说："先生！我来很久了。见到你，我该走了。"我没有理他，照旧往里走。他忽然把声音放大了说："先生！这凳子是庙里的，请告诉人拿进去吧。"我回头一看，他果然出庙门大踏步走了。

我觉得有点奇怪：为什么他两次都是看见我就走呢？难道是专为来监视我的吗？转而一想，是了，他的任务是来看有什么人进庙。看不到人，他无法交差；见到了一个人，又是中国人进中国庙，可以作汇报，算是工作有了成绩，可以领钱去了。这时世界大战正打得热闹，没有什么人来朝圣或则旅行游览，真是冷清得很，难得碰见什么人，所以他见了我就赶忙回去交差了。至于这个中国庙有什么值得监视和审查的，这就不属于他的事了。派到哪里就是哪里，叫做什么就做什么，有钱就去，这就是C.I.D.的下层"差人"。当然，要有什么油水可捞，他们也会显出"爪牙"威风来的。

庙里此刻只有一个老和尚在。其他的和尚不知临时出门做什么去了。这是很少有的。这位老和尚法名圆智，不是"住持"，是福建人。在这里"挂单"的，已经六十多岁，不但不会英语和印度话，中国话说得也很难懂。他看见了我，很高兴，对我说：

"德玉老和尚今天出门化缘去了。别人去送他上车了。只我留下看家，要代管些时。你在路上没遇见他们？啊，对了，他们走了不少时辰，恐怕都一直去城里了。"

我这时才明白，为什么没有别人。原来现在他是代理"方丈"了。

我告诉他，在门口又看到那个便衣侦探的事。他倒毫不在意，说这种人有时半年也不来，有时跑进来东张西望不知找什么，过一会又走了。"这种人真讨嫌。"这是他下的结论。我说门口还有个凳子要拿进来。老和尚说，不必了，没有人来，不会有人偷，等些时拿不迟。说那是那个"差人"自己进来端出去的。"那个人是城里来的，跑这么多路也不容易。"老和尚说这话大概是有感于自己衰老走不了多少路了。

我出来时，过了大殿，望见凳子还在那里，很想替老和尚搬进去。不料大门口忽然出现了两个人。

这是两个印度人，一男一女，年纪相仿。约莫三十多岁，穿着整齐。男的穿着西装上衣，不打领带，下面裹着干净的白布"拖底"（裹腰腿的一块布，仿佛裙子），脚穿一双皮鞋。女的披一身很漂亮的花"纱丽"（印度女服，裹在身上），露着右臂和上身的一半衬衫，踏一双皮拖鞋。一望而知，决不是本处人，是外来的。

女的进门一见到那张凳子就过来坐下歇着。男的不慌不忙迎着我走过来，到了面前，很客气地用英语问：

"早安！请问这里是什么地方？"

"这是中国的佛教庙。"

"哦！佛教庙。中国的。我知道了。"他自言自语似的咕叽两句，便转身走几步对那个女的用印度话说了几句。

我一听他说的是孟加拉语，就知道这大概是从孟加拉来的一对夫妇。这时候远道而来做什么？想着，我继续向前走，到了门边。

那两人互相交换了几句话以后，男的又转身过来问我：

"请问，这庙里有人吗？我是说，有出家人（他用的是印度字）吗？啊，我是说，有和尚（他用的是英国字）吗？我们刚才在那边看到了一座庙，只有中间一座神像，啊！我想是佛像，没有一个人。"

我知道那是锡兰（斯里兰卡）和尚的香积寺，他们的僧舍和神殿分开，庙只是神殿，不像中国的庙附有僧寮。

"有中国和尚，不过此刻只有一位老和尚，在后面。"我回答。

他又译成孟加拉话对女的讲。女的脸上顿时现出光彩，对男的说了一句。男的连忙转身拦住我，十分有礼貌地说：

"对不起，你不是这庙里的吧？你是中国人吧？能不能请你替我们通报一下老和尚，我们打算进去朝拜一下，啊，拜佛像。假如他能为我们做点'法事'（又用了印度字），我们将不胜感激。对不起，耽误你的时间了。假如你不介意，请让我再多说几句。我是从孟加拉来的，姓名是某某巴纳吉。这是我的妻子。我们有个儿子，非常美丽可爱的儿子，只有五岁，不幸上月病故了。我的妻子非常伤心，一定要朝拜圣地。她听说这是佛庙，她从来没有拜过佛，一定要礼拜。实在对不起！请体谅我们。我们的孩子实在太可惜了。你能不能帮助我们一下？花费你的时间了，真感谢。"

那位夫人大概也懂一点英语，听到说他们的儿子时，脸色又变了，用手指抹了一下眼睛。

看这样子，我无法不答应了。好在我并没有什么要紧的事，便请他们先上中间大殿参拜一下那座玉佛像，等我进去通报老和尚。

男的用孟加拉语说了几句，女的立刻起身。他们两人走向大殿。我绕过大殿到后面，见那位圆智老和尚坐在那里，仿佛愁眉不展。

交涉很顺利。老和尚一听说有了香客要做法事，立刻笑逐颜开，站了起来，说："好！好！"忽然脸色一变，"我只一个人，又不懂外国话，怎么办呢？"

我看这样子，逼得我非当临时出家人不可了，只好问他，除翻译以外，还有什么事要做。

"他要做什么法事？"

我告诉他，不过是超度儿子亡魂，保佑他们赶快再生一个更好的儿子。

"那好办。我都亲自动手好了。我来准备。请你去告诉他们等一下。我出去以后，只请你帮我们传话就是。"

我到大殿上时，那一对夫妇早已把鞋子脱在殿门外，光脚站在那里严肃地望那高大的白玉佛坐像。这是从缅甸请来的佛像，慈眉善目，盘膝高坐台上，一手略抚膝下指，一手抬起，作了一个"法印"，是个"说法"像。鹿野苑是佛成道后初次"说法"（讲道）的地方。像前本来放着香炉、烛台，也有香烛。台前地上有一个方木盒子，张开着口，等人布施；不过早已没有人来，里面"空空如也"。

我告诉他们稍等一会。男女都向我合掌为礼，男的还问我拜佛有什么特别规矩。

"你们怎么拜神，就照样拜佛好了。"我说。

圆智老和尚披着赭红袈裟，手执法器，道貌岸然，庄严地，不慌不忙地，走了过来。

夫妇二人便肃然起敬，向老和尚跪迎。

圆智法师不还礼，好像没有看见，走到佛像前，放下手中一碗水，又将木鱼和小槌，还有一个铜铃，都放在台上，他点起香烛以后对我说：

"我念起经来，叫他们两人跪下磕头祷告。"老和尚吩咐。

我只好站在旁边襄礼，用英语转告他们。

老和尚站在佛像台前点起香烛，一手敲打木鱼，一手摇动铜铃，口中唱起经来。

男女一同跪下。在跪下之前，男的慌忙又对我说了一句："我名叫某某巴纳吉，妻子叫……"他还没来得及讲完，那位夫人已经跪了下去，他只好也同时跪倒。我也连忙转告老和尚，知道他记不住那么长的名字，只说是巴纳吉夫妇。

老和尚大声念经，用的是中国化了的印度唱诗调子。我一听，这不是每天他们早祷晚祷时右绕佛像念的《般若波罗蜜多心经》吗？

老和尚念完了经，转身过来，用福建口音对着跪下的男女两人宣告：

"兹有信士弟子……信士弟子……"他把眼睛望着我，

又忘记名字了。我连忙说是"巴纳吉"。

"巴—纳—吉夫妇二人，巴纳吉夫妇二人……"他倒没有忘记是超度儿子亡魂和求子，大致说了几句，仍然是唱诗的调子。这是代表他们说的。以后他转身面向佛像，仿佛祷告。又转过身来，手里已经端起水碗，走向那两夫妇，口中念念有词，一手用指头蘸水向那两人头上洒去，口中不忘记又大声唱了一句"巴—纳—吉"，让他们知道福确实是赐给他们的，没错。

我知道"巴纳吉"是印度的东支婆罗门中的一个高级种姓分支，怎么也来拜这"异端邪说"的佛教？而且老和尚念的又是"色不异空，空不异色；色即是空，空即是色"的佛法空宗口号。听着，看着，心里不觉有点好笑。

老和尚回到台前，放下碗，对佛像合掌低头，沉默下来；又抬起头对我一望。我明白，"法事"圆满了。于是通知那跪着的夫妇俩。

他们又磕头，然后站起来，先向老和尚，后向我，合掌致谢。男的走向台前，从西服口袋里掏出钞票，投在木盒子里，又向佛像合掌顶礼。随后两人缓缓走出殿门。穿鞋子时，男的向我做了个手势，我以为还有什么事，走过去。他轻声问我，这位和尚的法号是什么。我说是"圆智"，又还原译成梵文："圆满的智慧。圆智大法师。"

"真是有道的出家人。真是'仙人'一样。想不到佛教这样——伟大（他大概一时想不出什么恰当的字眼）。这的确是一位大法师，一定法力高超。"他又向夫人说了几句孟加拉话。夫人轻轻答了一句。两人又一同向我合掌致谢。

最后是这位巴纳吉先生伸出手来，和我又行了西式的握手礼。这时我看到他的夫人已经面带笑容，他也现出满意的脸色。

"我们现在要回加尔各答了。我的妻子现在愿意回家了。真是出自衷心感谢你。再见！谢谢！"

夫人居然对我说了一声"南无——"。这是印度至今通行的"敬礼"之意，可是在中国这是对佛的敬礼才用的，我随口也回答了一句"南无——"。

两位难得的香客走了。

我回身去后面房里。圆智老和尚早已从盒中取出钞票，拿在手里，大概数目不少。他说：

"德玉老和尚只留下那么一点钱，又不知哪天才回来。我正在发愁。现在不愁了。真亏你帮忙。你为佛门做了一件大好事。真是功德无量。"

我无言可对。

德里一比丘

在鹿野苑住的时间稍长，我和斯里兰卡的法光比丘相当熟了。摩诃菩提会（大觉会）在这里的主要负责人是僧宝比丘。法光比丘是负责人之一，但管的事很多，从一所小学校、一所小图书馆、一个小出版部，到招待香客的"法舍"都归他管。除出版其他佛教书籍外，他还出版了一小本《法句经》，用罗马字母和印度现代天城体字母印成两种本子，附上他自己的英译对照和少数术语浅释。我住在那里，许多事都得到他的照应。我刚到就感冒发烧，也是他请来了一位有大胡子的锡克教徒药剂师给我治好的。我病时他送来一碗和尚们自养的牛的鲜奶，那浓厚的奶味是我永远不会忘记的。

"我打算去德里观光几天。"有一天我对他说。

"你可以到我们庙里去住。我可以介绍。"

"怎么德里还有你们的庙？"

"不是我们修的庙。是'比拉庙'旁边的那座佛教小庙。都是大资本家比拉出钱修建的。大庙供印度教的神,小庙供佛。佛教庙就委托摩诃菩提会管,我们有个比丘住在那里。说是小庙,不过是比那座大庙小些,其实也不小。佛殿以外,僧房有好几间,可以招待香客,平时很少人去住。地方在新旧德里之间,很方便。你下火车,雇一辆马车直接到'比拉庙',到后让车停在旁边的佛教庙门前就行了。你哪天去?我给你写封信。"

本来我不过是"灵机一动",经他这位热心人一说,倒不好不去了。这时我已匆匆大略读了《摩诃婆罗多》大史诗,据说那次大战的战场就是现在德里一带,而且婆罗门持斧罗摩消灭刹帝利王族武士三七二十一次,造成五大血池,也是在那一带。传说的古迹没有了,看看历史的土地上的今天也是好的。于是决定去一趟。

果然很容易就到了所谓"比拉庙"。佛庙是连着的另一所院子,走另一个门。那位斯里兰卡的比丘是个年轻人,见到我很高兴。他接过我的介绍信看也没看,说:"法光比丘早有信说过了。我正等着你呢。"他给我安排了一间很不小的僧房或"法舍",就在殿后。他自己住另外一间,应当算是"方丈"了。不过这庙里只有他一个人,一切要自己动手。

佛教庙里也有来观光的,但拜佛的香客不多。这边不

1944年11月，金克木在加尔各答

像那边大庙门前人群拥挤得和中国的庙会差不多。这大概是因为佛教庙靠后些,又另有大门走,和大庙隔断;去大庙的人望见相连的佛殿,却走不过来。专程前来的人就不多了。

印度的庙不像中国的寺院,没有许多匾额之类,不过在门前石上刻个名字;甚至连名字也没有,或则不写出来,随人叫。

"'比拉庙'你自己去看吧。我不陪你了。你要到别处,我可以奉陪。反正这里没有什么事,我不用守在这里。我一个人也不想走出去。你来得正好。我们一起去看红堡、'古都'塔和那根大铁柱吧。你先休息休息。"他说完,自己回前面大殿去了。

中国的寺庙我见得不多,但像西湖灵隐寺那样的庙还去过。印度的古庙我也见得很少,只觉得那烂陀寺遗址虽然没有建筑只有地基,却是规模宏大,有中国大庙的气派。波罗奈城的那座神圣的古庙中不过是有个石头亭子,中间立着一根大半人高的石头圆柱,算是神的象征。院子很小,人都挤不动,肉眼实在看不出大自在天的威风。这座所谓"比拉庙"是现代建筑,当时还很新,仿佛是要和德里大清真寺比一比的。清真寺没有雕塑只有大建筑,和中国佛教道教的庙宇风格大不相同。这座印度教的庙虽然建筑和色彩是印度式，但是规模远不及灵隐寺，庙内几乎无可看。我脱鞋上大殿一望，殿上只有两座不大的男女神像站在那里。原来这是那罗延庙，神像是毗湿奴（那罗延）和他的夫人吉祥天女（拉克希米）。神像实在不够神气。吉祥天女是财神，这其实是个财神庙。在看惯中国庙的眼光中，这财神庙有点像暴发户，不免带点寒伧气。据说那时庙还盖成不久，还没有真正完工，神像也只是临时安装的，带有过渡性质。壁画还没有画上去。这大概是事实。现在过了快五十年，不知道扩大改建了没有。这座庙不叫正名而被人叫作"比拉庙"，倒有为活财神宣传的作用。

我回到佛殿这边来，望望那位如来佛端然正坐，有点中国庙的模样。那位青年比丘和我攀谈起来，问我的印象如何。

"拜神的不多，观光的不少，我还见到几个欧洲人。"我说。

"基督教徒脱了鞋可以上殿，伊斯兰教徒却不能进庙。当然他们也决不会来。"他说。

"有人能进庙拜神，有人不许进。我看门口也没有人看守。里面也没有人管，谁来过问？光凭服装是可以看出来一些，但是有的禁忌不是从服装打扮看得出来的。"

他笑了。"那是因为你还不熟悉印度人。再过些时，你和他们再混熟些,就知道了。在我们佛教徒眼中,印度教徒并不更宽大,伊斯兰教徒并不更窄狭,基督教徒也不是处于中间。"

"还有耆那教徒、锡克教徒、拜火教徒、犹太教徒等等呢?"

"我到这里还不久,见到的人还不多,不过什么样人是望得出来的。不是光看服装打扮,帽子、鞋子。你看,有人来了。明天我们一起去逛德里古迹,门口就有马车。"

第二天他和我一同出游,一同登上了那座细长的高塔。这是著名的"古都"(这个阿拉伯字译意应是"北极")塔。这不是佛教的塔,是伊斯兰教的建筑。从里面盘旋一级一级登上去,到了顶上,伸头一望,没有顶,周围有铁栏杆。我们出来站在顶上最高层,仅能转身,大约最多只能站三个人。我问他,是不是本来上面还有一两层。

"听说是本来还一直上到只能容一个人的顶尖;人一上来就会立刻头晕跌下去摔死。因此拆了顶层,加上栏杆。就这样,还有人跌下去。是自杀的好地方。有人建议封闭,不许人登塔。"

"那边那根铁柱竖在那里是什么意思?这样高的铁柱怎么铸出来的?哪有那么大的模子?还有……"

"这些你去问印度人吧。不过这都是莫卧儿时代的,也许伊斯兰教徒更清楚。"

他劝我到旧德里去看看,不过他不能陪我去。我知道一定是他披着袈裟去不方便。

从完全现代化的政府所在地的新德里到德里或说老德里,尽管是连着的,却完全是两种风貌,是两个世界,两个时代。英国人真有意思,不知是有意还是无意,把东、西,新、旧,连接并列,好像是办展览。

一进闹嚷嚷的狭窄的德里街内,两边商店用波斯字母写的乌尔都文招牌引人注目。从右向左的和从左向右的印度各种字母拼写的各种广告贴满了,挂满了,内中也夹有英文。看不到一个西方人。汽车当然进不来,马车也不行,只能走路。稍一注意才发现杂乱之中还很有条理。如果不为花花绿绿的颜色和字母迷惑,就可以看出无论是商店还是行人,都是分开的,有区别的。我想起了加尔各答的"唐人街",仰光的中国街,中国大小城市中的牛街之类。外人不留意也不大看得出,自己人却是都明白。这种区别是不能混淆的。"有别"是正常的,"无边"不过说说而已。我的穿着显不出他们中间的任何特色,又不是西方人打扮,所以暂时是个"中性"无害的身份,还可以自由自在走来走去不显眼。我望了望小杂货铺,进了几家小书店,遥遥观察了饮食店。没敢进小巷子，所以也没有进入住宅区。我多少知道一点他们各方面的各种忌讳，所以敢于穿行，但是再深一层的就不知道了，不能乱窜。尤其是说话，更得留神，一言不合，一个词用得不当，就会引起事端，至少是引起注意。特别是当时处于战时，印度局势很微妙，虽说中国是英国的盟国和印度的朋友，中国人是侨民，但还不是可以到处伸头的。谁知道那么多人中的什么眼睛在望着我呢？连印度上古诗歌里都提醒这种眼睛的洞察一切了。我想到这句诗，赶忙从莫卧儿王朝的都城退出，回到二十世纪四十年代前期的柏油马路上，松了一口气。

回到佛教庙，比丘问我看到了什么。

我说："看到了一百年前的莫卧儿帝国，只少一个皇帝。"

他呵呵笑起来，说："佛涅槃快两千五百年了。你不觉得在这里对着我是回到两千多年以前吗？你在鹿野苑没有想到遇见佛度五比丘，为他们讲'四谛、十二因缘'吗？怎么到了德里想的不是大英帝国、大印度帝国，却是莫卧儿帝国呢？"

我觉得这位青年比丘很有意思，便回答他："都是帝国，何必分别？是我错了。"

他不知为什么和我好像有点"缘法"，竟对我说了一些他来这里以后的见闻感想,最后说:"我不会在这里住很久的。我们的工作期限有定,我还要回去,回去之前要去鹿野苑,希望那时你还在那里。"

"那时也许世界也变了,我也回去了。"我说。

未完成的下海曲

1940年我的见闻足够写一部长篇小说。这里只说一件事。

炎炎的夏日当头,七八月间我到了"陪都"重庆。从1930年我离开家乡到"故都"北平算起已有整整十年了。

我先找到同乡朱海观,告诉他我来办护照去印度。他哈哈大笑,说:"你要当唐僧去西天,先得学会钻地洞。日本飞机正在对重庆实行疲劳轰炸,日夜不停,逼迫中国投降。再说,英国和德国打仗,就怕后院起火。谁要去他的殖民地,印度、缅甸,签证一概不准。"话没说完,空袭警报响了。我只得随他去钻防空洞。这样,我在城里城外机关的公共的高级的低级的大大小小洞里钻进钻出,头顶上隔着地皮和房屋中过两颗炸弹,在生死关头徘徊、挣扎。混了一个月,见闻不少,一事无成。幸亏街头遇见萨空了,他介绍我译一本小册子《炮火下的英帝国》。我就在朱海观的床头小桌上,躲警报的空隙里,花一星期的工夫，匆忙译出来，预支稿费，狼狈逃出重庆。

重庆度夏，贵阳过冬。不冷，但阴森森不见太阳。真是"天无三日晴，地无三尺平"。一位同乡为他的"住闲"的老姐夫租了一间房。我去和他一起住，二人自己生火做饭。这位五十多岁的老人是当兵出身。辛亥革命后他随军到了广东广西，是许崇智的部下，看见过蒋介石，听过孙中山演讲，字认得不多，也不大爱说话。他只记得孙中山很会讲话，指着山说，山上石头可以制造水泥，将来火车轮船到处走，老百姓能过好日子。从清末以来的政治家中，恐怕只有孙中山一个人念念不忘革命成功得到政权以后必须建设，还事先做规划。我在街头买到了王阳明写的《客座私祝》的石刻拓片，裱起来挂在墙上看。心想，他怎么能在贵州做比芝麻还小的官时能够大彻大悟，想出了"致良知"，这和他会用兵打仗有什么关系。同住的人没问过我挂的是什么，只管收拾屋子、做饭、躺在床上抽旱烟，说"金堂烟叶真不错"。我又买了一本王阳明弟子的笔记《大学问》来看。自己明白，这样下去不行，到底要干什么，能干什么，怎么活？

在大街上闲走时和一家鞋店老板谈了起来。他用苏北口音问我是不是淮河边上的大同乡，自称本来是中学教员，逃难出来，没办法，只好租一间房卖鞋子，混饭吃。谈了半天都是生意经，种种困难，不如教书。可是就这一会儿就有几双鞋由小伙计卖掉了。还有一个带点妖气的女郎坐在那里试鞋子，不肯走。老板低声对我说，她天天来，另有目的，顺便也给店里引些客人，彼此有利，心照不宣。还有一些人物是得罪不起的。话没落音，进来一个歪戴帽子的男子，东张西望。老板慌忙上前，掏出一包烟递过去。我想，说到曹操，曹操就到，转身便走开了。回屋和老人一谈。他说，别听他的。做生意是麻烦，可哪有不赚钱的？一句话打动了我。干脆下海经商吧。不插草标出卖了。自力更生。老人说："好主意。你当老板，我当伙计。"跟同乡一说。他也赞成，答应找人入股，凑个小本钱不是难事。三言两语，话说定了，我就上街考察商店，选择做哪一样买卖。

我正在研究商品市场，猛然被人一拍肩头，吓我一跳，回头看时，那人笑着说："老同事，几年不见，认不得了？"原来是五年前对面坐着办公的人。我还没来得及回答，他接着说："我的办公室就在前面不远，去坐坐。我看你不像有事的样子。"不由分说，拉我就走。在他的办公室里，他先问我的工作。我说是无业游民一个。不料他居然连声说好。我看屋里只有桌子椅子和几个货架，架上放一些纸盒子，不知里面是什么，又只有他一个人，不像办公的地方，还没动问，他已先说："你没看见外面挂的牌子是什么机关的办事处？实际上是一家工厂的分销店。我一个人坐镇。也许半天没人来，也许同时来几个。这里谈话不方便。明后天请到我家里去好好谈谈。家里也就是我们夫妇二人。"话没说完，门外出现一个人。我立刻起身告辞走了。过两天，我又去研究商品，又遇见他。他显露出异常的热情，说："我的夫人（这字照他的习惯用英文）一听说你这位老同事，就想见你，说是什么他乡遇故知不容易，又是这兵荒马乱年月，请你务必赏光。就是明天晚上吧，到我家便饭，决不添菜。不准推辞。怎么也得给我面子。要不然，我实在无法交代。好吧，一言为定。"随即告诉我他家的地址。不容我说话他马上回身走了。我从前和他除办公外并无私交，凭什么突然对我如此亲切？真奇怪。跟老人一讲，他也琢磨不透。估计他有求于我，不会害我。可是我有什么能力给他帮什么忙？想不出。

到时候我如约前往。晚饭不算丰盛。丰盛的是他那位"外夫"（英文，妻子）。她对我热情得过分，还略施脂粉，真像待客。主人打了一壶酒，说是难得相逢，自己没酒量也要喝两盅。下酒菜显然是买来的。没想到他那位"外夫"真有点酒量，不住地劝酒，陪我喝。男主人声明没量，只能"意思，意思"。几杯酒下肚，话谈开了，女主人问起我的夫人。我笑了。"自己都养不活,还想加一个人?"她紧逼着问:"女朋友少不了吧?"我更加笑得开心。"穷得当当响,男朋友都快不理我了,还说女的?我是孤家寡人一个。"我忽然一瞥间看到男女主人互相对望了一眼,不知何意。又海阔天空谈了一气。我做出有了醉态,停酒吃饭。饭后我要立刻告辞。男主人不许,说是还有件事,随即郑重地说:"不是开玩笑,我们真要给你介绍一个女朋友,就是我的小姨。"女的紧接着说:"是堂妹。"我恍然大悟,原来如此,连忙推辞。女的加紧进逼:"明白跟你说,她模样比我强,性情比我好,文化程度比我高,有职业,生活不愁,没有男朋友,没有家庭负担,就是一样,有个古怪心愿,不合她的意,她宁愿独身一辈子,所以耽误了。年纪吗,只会比你小,不会比你大。你好好考虑吧。"我大笑,说:"你不是开玩笑是什么?她眼界那么高,拿我去碰钉子?"男的忙说:"千万别误会。我外夫讲的都是实话,只少一句,她的心愿正是要找你这样的人。你若不信,见面就知道了。"女的又说:"本来今晚想把她也找来,但不知你的情况,所以先问你,对你说明。"男的不容我开口,便下结论:"这不是三言两语的事。你先考虑。我们再给她一点口风。今天只谈到这里。"我如逢大赦,慌忙离开。回来对老人一说,他感觉十分意外,迷惑了好一会才说:"不理它,少惹是非。这不成了演戏'拉郎配'了?哪有那么急的?不是丑八怪,就是活宝,碰不得。"我也就放下了心,照旧想我的未来小铺子。

卖什么货定不下来,先找地方看看环境,于是我迈步走向那时贵阳唯一的商场。地面不大,里面只有几十家小铺子,卖什么的都有。生意不兴隆,来往人不多。我直接走到商场管理处。门口挂着牌子,门开着,望得见室内空无一人。进去一瞧,原来还有里间。一位年轻女郎躺在藤椅上,手指夹着纸烟,见我进来,理也不理。我无奈只好敲敲门。她问:"有事吗?章程在桌上。"我说想看看空房。她依旧有气无力地咕噜一声:"有营业执照吗?卖什么?"突然我记起那位老同事,随口应了他说的实际上推销的货名。不料她一听就猛然站起,居然满脸堆笑,说:"请进来坐吧。有话好谈。"这时我才发现她的尊容,涂了不少脂粉,加上口红。手脚指甲上发亮,明显是有"蔻丹(指甲油)"褪色了。花旗袍下露出套着长丝袜的瘦腿。袖子短得只到肩下二寸。她一点不像个职员。我一阵惊异,说不出话来。她说:"刚才怠慢,请别见怪。这里闲杂人来无事生非的多。"我说:"我是先来了解一下情况,看看房子。"她说:"那好办。只要能拿到执照。对不起,我看你不像生意人,像是文化人初下海的,是不是?"她的眼光好厉害，我只得承认。她又说："请坐下谈，反正我也没事，你也不用着急。"我又只好遵命。紧接着她仿佛见到老朋友闲聊起来。

"听口音你是南方人，但不是上海，到过北平吧，是干文化这行的，我猜得对不对？"看见我点头，她说下去，不容我开口。"做生意，说难，难得很；说容易，也容易。凡事起头难。不瞒你说，我不是做生意的，可是在这商场里看得多了，真是千奇百怪。"我赶忙插嘴："你不是经理？"她笑了。"你看我像不像？不过也差不多。经理难得来一回两回。有一个办事员，每天早晨来望一眼，坐一会，喝茶、看报、打盹，一见我来，他就跑了。这里就成为我的办公室，办我的事，兼管商场。大事推给经理，小事我给敷衍了事。你来得正好。说实话，我刚好有件事想找人，哎，就是你老兄这样的人。真正是来得早不如来得巧。你好像猜到我的心事一样。话说回来，你听我完全是本地口音，其实我是从北平逃回来的。我在那里没过几年，混账的日本兵就打进来了。没法子，回老家吧。地头熟，好办事，一混就是几年过去了。说正事，我不问你生意内情，只问你打算怎么开张，挂什么字号。总不能明摆出去吧？"这一来，我反而糊涂了。她见我不回答就说："好吧，我先带你看房子。"站起来，领我走出屋，穿过院子，到角上一个小门口,进门是另一个小院子,周围房子有三个门。两门关着,一门半开,传出谈话声音。她打开一个门,里面还有个套间,空空洞洞,什么也没有。"怎么样?"她说,转身到院子里接着说,"这里清净,可不是茶馆,随便聊天。"吧嗒一声响,开着的门关上了。她的声音起了作用。到商场院子里,我正要走,她说:"别走,我还有正话要说。"于是在她的屋子里出现了我想不到的话。

"说正经话,你做你的生意,我不管,另外我打算跟你合伙做一笔买卖,包你不吃亏,有赚头。不用你出一文钱,只要你出人。"她忍不住笑了出来,说,"别误会,什么也不要你的。你不会知道,也不用过问。明白说就是我做生意,拿你当幌子,算你同伙。货的来路去路都是明的,正当的,决不违法,千万放心。就是一样,不能明干。知道的人一多,就有麻烦,我也顶不住。"我不能不插嘴了。"那还不是黑货?""决不是。告诉你吧,北平有个工厂和我有关系。我回来以后断了。最近忽然带信来说,出了两件精品,不敢外露,怕被日本人抢去,设法带到后方来,交给我处理。我办这事不难,难在我出面不行,得有个文化人当招牌。你正好合适。你同意,我就说明了,一起干。""说了半天,到底是什么货呀?""那就是说,你不反对。好,对你说,是古董。莫紧张,不是真的,是假的,工厂里造出来的,跟真的一模一样,比真的更好玩。你一见就会喜欢。出路有的是。有钱有势的就是爱这种玩意儿。可是一声张,大家抢,有势力的硬要去,我也无法,所以要暗地办。这就需要一个在商界又是文化人又懂生意又有识货的眼力的人,就是你老兄老弟。怎么样?说得够清楚了吧?"好,她要拿我做幌子。我想一口回绝,又觉得这是不花钱不费事的没本钱买卖,丢了可惜。既要下海,就不能怕脏手怕冒险怕这怕那。怎么办?回去商量商量吧。她见我半天不做声立刻明白了,说:"这事不忙。你作不了主,回去同你的后台谈谈再说。可是有一样,万万不可外传。一露风声,我可以否认,你就吃不消了。懂吧?我的新朋友。我可以这样叫你一声吧?"

我如同得了赦免令,连忙逃跑。回屋对老人一五一十说了。他也说是料想不到。但到底是年纪大,经验多,说出一个主意。"你再到老同事家去,从他的太太探出点口风。说不定也是一笔买卖。"我一想,不错,马上行动。果然那位夫人一见我就眉开眼笑说出一番更叫我吃惊的话。

"正盼你来。也没法找你。跟你说,我那堂妹愿意见你。是好消息吧?我对她把你一描写。她说,世上哪有这样的人?我跟她打赌。她答应了。不巧的是,她今天出差去重庆,说是少则半月,多则三个月,才能回来"。我打断她的话,说:"除介绍令妹以外,找我还有别的事要谈吧?"她眼一眨,"还有什么事啊?对了,我们的情况没对你谈过。说起来真不好意思。你知道他是干什么的?名义上是公务人员,实际上是商人。""他对我说过。""商人也罢,又不明不白。那种货,市场上没有大批卖的,因为工厂是公家的,只供应机关。现在有个决定,工厂可以拿出一部分到市场上卖,但不能公开。反正买主也是公家的,分配得不够就到市场上想法补充。可是这里面就有门道了。成批的买卖都有折扣。先是九五折。发票上价钱是一百,只收九十五,若是再九折优待,就只收九十。多的钱归经手人。这是规矩,上下都知道,明的。买主若是客气,退给卖方经手人一些,不客气,就全吞下了。内部规定,可以让步到八折。底线是七五折。这些外面不知道。折扣是在存根上批,发票上是原价。你此刻还在海边上,不一定明白。做生意的人人知道。不过这种买卖双方都不能露面,所以新近批准,可以经过有关系的商店出面。双方只对商店发生关系。这个中间人可以两头吃。可是哪里去找这个人呢?不能白给外人好处呀。你不懂,这类官商难做。又要清廉,又要赚钱。人人认为这是肥缺,所以年节得给上级和同事送礼,送少了还不行。这不比商人能公开赚钱。我们虚担了个名。他怕出事,不敢玩花样。真有钱,你大嫂能穿这破袜子？"说着就把旗袍一掀，露出两条大腿来，果然袜子是旧的。我心里明白了，便开口："是不是算盘打到我身上了？"她脸也不红，在光腿上用手一拍："到底是老朋友，一句话就明白了。你说是要下海，这不就是现成的海船吗？怎么样？老同事合作吧。什么事都好商量。风险有一点，不大。商人本来就是赚钱的。你不放心，先考虑考虑。不干也还是老朋友。不影响我堂妹的事。可是有一条，你的商店不是卖这种货的，是暗中代销，明白了吧？"我说："我的生意是几个同乡凑钱做的，还得和他们合计合计。"她忙说："不能泄底，只能说是代销货。就说是五金一类机器零件好了。"又叹了一口气说："老实话，哪个公务人员不想做生意？靠月月固定的这点钱管什么用？"我再敷衍几句就走了。

回来对老人一说，他叹口气，没言语。恰巧他的内弟来了，满面笑容，说："股金有办法了。小本经营，几个同乡一凑就够了。计划是开一个纸张文具兼卖新旧书籍的店，就叫文化商店。"老人立刻插嘴："还代销古董五金。"他的内弟茫然不解。我简单说明了一下。他大吃一惊，问："商场里那个女的是什么人？"老人说："快去打听。"他没说二话，转身就走了。到晚上他又来了，开口便说："可了不得，我还没开口说完商场有个女的，立刻就有人接话，女霸王。她姓刘。一家子都是'袍哥'，是青洪帮一类吧，谁都不敢惹他们。不过也没听说做什么坏事，只是党羽众多，是地方上一股势力。你怎么碰上她了？惹不起也不能得罪。做生意总得敷衍这种人。这就看你的本事了。"说完就走，据说另外有事。老人哼了一声，对我说："什么事，我知道，还不是打麻将。"过一会他又说："我看你没交财运，交上桃花运了。王宝钏抛彩球打中叫花子薛平贵了。"

第二天，我又去商场想看个究竟。老远望见那女的从门里出来。我想躲开她，可是她偏不走，站在门口张望。我只得走过去。她一见是我，露出笑容，说："我料事如神，知道你今天必来，到门口欢迎，立刻碰上。"转身把我带进她的里屋，自己往藤椅上一躺，说："劳你大驾把桌上的香烟火柴递给我。"好，我成了小伙计了，也只好照办，看有什么下文。她欠起身接过烟，抽出两支，递给我一支，划火柴，先为我点着，再点自己的。真是前倨后恭。吸了口烟，她说话了，面无表情。

"我有话对你说，不要打断我，是正经话。第一，你不必打听，我姓九二码子（简写的刘字，在旧式数码字所谓苏州码子里，文是九，两竖是二。）卯金刀（繁写的刘字拆开成三个字），地方上有点小名，不大好听。你爱怎么看就怎么看，我不管。第二，你做生意，我也不管。开铺子你不懂行，得先找内行学。店里的事我不问。店外的事我包了。你不必问。跟你讲你也不懂。第三，你开口说的那种货，要特别小心，稍有不清楚就不可沾边。那方面我保不了你。第四，我上次说的合伙是做定了。你莫想撇开我，白费力，没用。但有一条，从此以后我对你说的生意话也好，私房话也好，不许对人透露半个字。外面会有种种谣言，你一概不理。你心里有什么为难，先要对我讲，要特别相信我，我一切全是为你好。为什么，你不久就会知道。要说我看上了你，喜欢你，也可以，但决不是外人想的那样。我是什么样人，你自己判断，要自己心中有数，不要听旁人的。这些实际都是废话，本来是不必讲的。你不是没主张的人。好了，现在告诉你，来了两件货。一是宣德炉，一是鼻烟壶。莫笑。这里面有文章。货当然是假的，假中有真。雕刻是真好，包含特点。炉上两尊菩萨：观音和文殊。壶里有内雕，刻的是人物。"她停下不说话，坐起身，抓起我的手，用我的手指在她的腿上横七竖八画起来。我开头不明白，随即知道是写字，已经写完了。这时她说："第二个字不写了。"我才想起仿佛是个春字，也就不问了。她接着说："货到了。运货的人打发走了。是个女的，真能干，从北平经过上海、香港到这大后方，要过多少道关卡，才平安运到了。我通知重庆。有钱的买主都在那里。来信谈价码了，就是说有人要了。估计快则十天半月以后会有人来看货。这就需要你阁下了。"我心里想，就为这个，露底了。她稍停又说："本来用不着告诉你，你也不会知道，但我觉得瞒着你好像是骗你，过意不去，才对你讲。不要紧张。你不出面，不说话，货不交你，只是让对方晓得确实有你这号人，一点不假，就够了，就算是合伙了。交易成了，有你一份好处。这种生意的做法你不懂，不用问。"她的话好像是完了，该我开口了。

"听你说了半天，我好奇怪。今天才见第二面。你连我的姓都没问过。怎么连秘密生意都跟我说？你这么帮我忙，到底是因为什么，为了什么？不说清楚，我没法相信你。"

她笑了。这时我忽然明白过来，怪不得一见她就觉得有什么不对，直到此刻才看出来，她人变了样，脸上脂粉全不见了。旗袍换了长袖的。头发不那么乱了。我居然视而不见，只顾听她说话，一心怕她随时抽出霸王鞭来打我一顿。她这一笑和她的话完全是两回事，简直是少女的妩媚，哪有一点霸气？

"这也难怪你。连我自己也说不上来为什么，就是这样天生的脾气，任性。我何必问你姓什么？你讲的是真是假，我也不必知道。上回你一走，不久就有耳报神来对我一五一十做你的报告,也是有真有假。我自有看法。当然一大半还是为了生意,这不必瞒你。有一小半是我仿佛看到了很久没见的老朋友。于是我换上从前的装扮等你来试试。谁知你真的来了。"说到这里她停下了,对我望着。我无法答话。大家沉默一小会。我猜不出她在想什么。不知霸王怎么忽然变成虞姬。

"对你说老实话,我不耐烦拐弯子说话,这第二回见你,只有一小半为生意,倒有一大半为认你做朋友了。跟你说,我不满二十岁就出门跑江湖,到过大城市,也算上过学,上大学。信不信由你。我认识许多朋友,男女高低老少好坏全有,也有过好朋友。"她又停了一停。"打仗了,我不能不回来。回来就得照老样子生活。脾气越来越坏。总是觉得什么都不顺眼。那天忽然见到你这个新来的外地人。一听说话,完全不是生意人,连常识都缺乏。那种货怎么能随便讲出口?什么也不懂,竟敢来我面前冒充好汉。心里又好笑,又好气,立刻要耍弄你一下。可是一看人,明白了,是个大外行。随即改变主意,谈生意,试你一试。这以后不必说了。"

我听她的话像是真的,又不敢全信,不知道说什么好。

彼此又沉默了好一会。她开口了,板起面孔,一字一句地说:

"记住,我一点不是和你开玩笑,是说正经话。我要和你订一个契约。"我心里咯噔一跳。"这契约是,仔细听好,不论什么时候,什么地方,用什么方式,你叫我一声姐姐,我答应了,这契约就算完成,结束,失效。关系解除了,彼此再也没有牵连,互不认识。要想再认识,必须重新起头。契约生效期间彼此关系不许断,也断不了,不管见面不见面,不管是什么样的关系。明白了吧?契约、协议,本是双方同意签订,可这个契约是我单方说了算。你同意也是它,不同意也是它。你不愿意,无非是不见我,不理我,不买我的账,但关系照旧,你跑到天边也摆脱不了我,契约仍旧生效,你我还是有关系,不管是什么样的关系。你不想便罢,想起来就会头疼。这是我给你上的紧箍咒,看不见,摸不着,拿不下,跟你一辈子,除非是约定的事完成,契约失效。你可以从此不再见我,让我想你一辈子,那我也心甘情愿。我有把握,不怕你不头疼。一生最少有一回,也许两三回,或则更多。"她稍停一下,见我没做声,又说:"我警告你,莫打主意,现在就叫,好赶快了结,脱离关系。我不是傻子。虚情假意,真心实意,我一听就知道。现在,一段时间以内,你怎么叫,我也不会答应。你耍花头玩不过我。"我心头一阵冰冷,想,我成为浮士德了,魔鬼和我订契约了。

"你的心思我全知道。我不要你的灵魂,不要你的身体,不要你的心,不要你任何东西。心算什么?毫无价值。什么稀罕东西。男人的心是鸡毛,飘飘荡荡,远看是孔雀翎,一到太平洋上空就什么也不是,到美国成为牛毛一根,回来变成猪鬃,又黑又硬,自高身价。我见得多了,还有人竟敢骗我。女人的心也不怎么样,不过是芦花,是柳絮,轻飘飘的,比鸡毛重不了多少,一沾泥就完了,一点分量也没有,再也飘不起来了。我说的对不对?"

我不能不开口了。"你说了半天,我一概不懂。我跟你有什么关系?是什么关系?没关系能有什么契约?岂不全是废话?"

"你到底说话了。好。你我的关系说深就深,说浅就浅,说有就有,说没有就没有,你愿意是什么,就是什么,你要我是什么,我就是什么,这一方面我全听你的。我是说真话,决不是说笑话,可以当场兑现。只要你说得出口,我就做得出来。你信不信?要不要立刻试验?明白告诉你。你我是新朋友,仅仅见两面,又是老朋友,多年没见面的老朋友。契约定下了,不能更改。我是说一不二,决无反悔。这次来不及多说。如果能有第三次见面,我会原原本本把我的老故事从头到尾一丝不漏讲给你听。你要知道什么,我全告诉你,不隐瞒也不讲假话。可是我猜想你不会再见我了。恐怕我们的缘分只有这一点,所以我赶忙把契约先订好,就放心了。我要的是我自己的心,从此系定了,再也飞不动了。对我说,这就好了。对你说,也没什么坏处,是吧?"

从见面起,她的眼光一直对着我没移动。我不知怎么也一直望着她。她说完这话,露出微笑,仿佛是得意,抓住了我,一个俘虏,但我感到笑中带着凄凉意味。我觉得她把话已说绝了,再也无话可说,便站了起来。她好像有预感,同时站起来。我说:"依我看,你无心可系,我也是无心之人,所以契约是有若无,都不必计较了。"两人不约而同一起大笑,是开心的真笑,话说到彼此心里了。两人又同时伸出手来紧紧一握,四目对视一会儿,同时松手,同时一字字说出同样的一句话,五个字:

"一对无心人。"

我大踏步出门,没有回头,回到住处。

老人见我回来,说:"去演霸王别姬了吧?"

"不对,是演姬别霸王。"

他的内弟急匆匆进来,把手里的一瓶茅台和一包卤鸡放下,问:"怎么还没来?""谁呀?"原来他说的是在桂林下海的同乡。他在路上遇着了,坐在司机旁押运货车,明显是生意做成了,估计一定会来这里,所以买酒菜赶来了，哪知还没到。

晚上，独有一车的运输公司经理和我们几个同乡聚在一起，由他说下海经过。我们两人约好在两地各跳各的海。他有了结果，成立有名无实的股份有限公司。股东是：设法买到这辆道奇牌老爷车的、弄到牌照和汽油来源并打通一路明暗关卡只收买路钱的、保证桂林贵阳两头货源使运输不致中断的，加上司机和经理，各算一股。出钱投资的由于身份不能做股东，算债主，三个月后开始还钱，半年后本利逐步还清。照这样，司机和经理就得不停地来回跑，几乎是要求车不停轮，人不下车，实在辛苦。听说完了，老人眼望着我说："这才叫做生意。没染粉红色。"经理问是怎么回事。老人便一五一十把五金、古董、霸王、堂妹的故事说了一遍。当然那特殊契约是第三者无法想象得到的，不在其内。老人的话依据他的老观点，听的人又各自有观点，但经理说出的话代表了他们全体。

"我已经在海里了，你就留在岸上吧。那个人要你替他代卖无线电器材？你知不知道那是军用物资？那个来路不明去路不知的女的更可怕，躲得远远的还说不定会沾染上毒气，你居然敢去亲近？明天陪我们去装货，看看生意是怎么做的。后天随我们回广西，在柳州同老伯母团聚一些时光，把去印度的事确定下来。三个月以后我保证出路

1946年，武汉大学时期的金克木

费送你去云南，由你办签证出国。老伯母有在柳州的同乡照顾，我们大家负责，你放下一百个心。照直说吧，你根本不是当商人的料。可别胡思乱想了。我们一同离开家十年了，才借债买了一辆破车，已经赔上一个人，不能再赔上一个了。"

跟绑架差不多，在严密监视之下我到了广西。行前我失去自由，因为他们对那位霸王十分害怕，对我非常担心。几个月后我从柳州到了昆明。经过贵阳时，头天晚上到，次日一早就送我上了去云南的另一辆货车当"黄鱼"（司机私带的客人）。1941年6月我经滇缅公路出国漂洋过海上西天了。其实他们早已知道，贵阳那个办事处已经关门，女霸王在我离开后一两个月就无影无踪了。据说连她的家里都不知道消息。我的朋友仍然怕我去探听，所以还是把我封闭起来。真是多此一举。女霸王没有想要，我也没资格做她的俘虏。

不过紧箍咒偶尔还生效。有时想起来，我总觉得虞姬比霸王更刚强，更有男子气概。

化尘残影

小学校长

近来忽然想起我上小学时的校长。

本县第一小学请我的哥哥去当教员,教英文、算术、音乐、体育,于是他不在家中教我念古书,带了我去上小学。

学校门口除了校名牌子以外有个横匾,上写三个大字,从右到左,"八蜡(zhà)庙"。据说是一位书法家写的,所以神像没了,匾额仍在。进门又是一道匾,上写两个大字,右"勤"左"俭"。这是校训,大概是校长写的。入学先进校长室。我一抬头,看见一对好威风的大眼睛闪闪发光,连忙低下头。听到哥哥略略介绍我几句,随即是校长说话:"论国文程度可以上四年级,算术只能上一年级。好吧,上二年级。晚上补习一年级算术,一两星期跟上班。"当晚哥哥便用石板石笔教我阿拉伯数字和加减乘除及等号。

开学第一天校长对全体教员学生讲话,讲"校训"。他说:"勤就是不懒惰。应该做的事情马上就做。俭就是不浪费，不毁坏有用的东西。要从小养成习惯，长大再学就来不及了。中国大人有贪图省事和糟蹋东西的坏习惯，所以受外国人欺负，被外国人看不起。一定要从小学生改起，革除坏习惯。教员也要这样。我是校长，是第一名，我如有不勤不俭的事，新上学的一年级小学生也可以对我当面讲出来。只要讲得对，我一定改。"我清楚看见他的威严的眼睛向全体人员一扫。

不久，县教育局将第一小学命名为模范小学，就是我们这所学校。校长又召集全体人员讲话，连全校仅有的一名职员一名工人也到会。这可不是庆祝会。什么仪式也没有。县教育局来人宣布后，校长一个人讲话，说："不是我们要给人家当模范，是人家要我们做模范。我们全校的人，从我校长起，挑上了一副重担子。从此讲一句话，做一件事，都要想到模范二字，要当作馍馍稀饭一样天天离不开。讲错话，做错事，知道了就要改。不改就配不上模范二字。"

那时"修身"课改为"公民"课，各年级都有，都是校长教，一星期上一次。没有课本，各年级讲的也不一样。他有一段话我至今还记得。

"我们都学唱国耻纪念歌。什么是国耻？就是日本逼我们承认二十一条，要我们亡国。为什么日本敢逼迫我们，侮辱我们？因为日本比中国强。日本地比中国小，人比中国少，为什么能比中国强？因为日本的小学生比中国的小学生强。我在日本看见到处都是小学。小孩子个个上学，不上学就罚家长。小学生的一切费用都是政府管。谁伤损了小学老师和学生就是犯法，要抓进监狱关起来。那时中国还没有小学。日本办小学不到二十年，小学生长大了，成了好公民。政府用他们打中国。中国就打不过了。这时才办小学，已经迟了。还不快办，多办，好好办，让所有的小孩子都识字，照这样拖下去，十年二十年以后还是没有好公民，还得挨日本打，还会亡国。我从日本回来，什么事都不干，就把这所八蜡庙改办成小学，自己当校长。我要办一辈子小学。你们从一年级就要不忘国耻，立志当好学生，将来当好公民，要中国人在世界上不受人欺负耻笑，不被人心里瞧不起。中国要比上日本就一定要把小学办得比上日本小学。一国有没有希望就是看小学生好不好，要看小学生会变成好公民还是坏公民。不论什么国，小学生是一国的将来。小孩子是一家的性命；小学生是一国的性命，命根子。我们大人不能让你们长大了当亡国奴。"

不用说，这是七十年前的话了。说话的人早已化为尘土了。

国文教员

我上小学时白话文刚代替文言文，国语教科书很浅，没有什么难懂的。五六年级的教师每星期另发油印的课文，实际上代替了教科书。他的教法很简单，不逐字逐句讲解，认为学生能自己懂的都不讲，只提问，试试懂不懂。先听学生朗读课文，他纠正或提问。轮流读，他插在中间讲解难点。课文读完了，第二天就要背诵。一个个站起来背，他站在旁边听。背不下去就站着。另一人从头再背。教科书可以不背，油印课文非背不可。文长，还没轮流完就下课了。文短，背得好，背完了，一堂课还有时间，他就发挥几句，或短或长，仿佛随意谈话。一听摇铃，不论讲完话没有，立即下课。

他选的文章极其杂乱，古今文白全有。有些过了六十多年我还记得。不是自夸记忆力好，是因为这些文后来都进入了中学大学的读本。那时教小学的教员能独自看上这些诗文，选出来并能加上自己的见解讲课，不是容易的事。现在零星写几段作为闲谈。

记得五年级上的第一篇油印课文是蔡元培的《洪水与猛兽》。文很短，又是白话，大家背完了还有点时间。老师就问：第一句是"两千多年前有个人名叫孟轲。为什么不叫'孟子'？你们听到过把孔夫子叫做孔丘吗？"那时孔孟是大圣大贤，是谁也不敢叫出名字的。我在家念的《论语》里的"丘"字都少一笔而且只念成"某"字。对孟子轻一点，轲字不避讳了，但也不能直呼其名。老师的问题谁也答不出。于是他讲，这第一句用一个"轲"字就是有意的，表示圣贤也是平常人，大家平等。这就引出了文中的议论。

还有一篇也是白话，是《老残游记》的大明湖一段。这篇较长，背书时堂上有许多人站着。他们会高声唱古书，不会背长篇白话。好在选的还是文言多白话少。有一篇是龚自珍的《病梅馆记》。从他讲课中我第一次听到桐城派、阳湖派，"不立宗派"的名目。课背完了，老师说了一句："希望你们长大了不要做病梅。"刚说完，铃声响了，他立即宣布下课。

他也教诗词。教了一首七言古体诗，很长，题为《看山读画楼坐雨得诗》，写雨中山景变化。诗中提到不少山水画名家。荆浩、关同、董源、巨然等名字，我就是从这篇诗知道的。当然那时我们谁也无福见到古画。教词，他选了两首李后主的，两首苏东坡的。背完了，他又提出问题，说，"罗衾不耐五更寒"，"高处不胜寒"，两个"寒"有什么不同？一个怨被薄，是皇帝。一个说太高，是做官的。为什么一样寒冷有两种说法？他还没发挥完，下课了。

有意思的是他选了《史记》的"鸿门宴"。文较长,教得也较久,还有许多人背不出,站着。老师说,重念重背。第二天背完有时间了,他又高谈阔论了。他说,起头先摆出双方兵力。刘邦兵少得多,所以项羽请他吃饭,他不能不去。不能多带人,只带一文一武:张良、樊哙,这就够了。司马迁讲完这段历史,最后一句是"立诛杀曹无伤"。这个"立"字是什么意思?有人回答是"立刻"。又问:为什么着重"立刻"?自己回答:因为这是和项羽通消息的内奸,非除不可,还要杀得快。项伯对刘邦通消息,又在席上保护刘邦,也是内奸,为什么项羽不杀他?反而把自己人曹无伤告诉刘邦,难道想不到刘邦会杀他?从这一个"立"字可以看出司马迁要指出刘邦有决断。项羽有范增给他看玉玦也决断不下来。刘邦是聪明人,所以兵少而成功。项羽是糊涂虫,没主意,办事犹犹疑疑,所以兵多将广也失败。他把自己手下的韩信、陈平都赶到刘邦一边去了。太史公司马迁不仅叙述历史还评论历史,先讲什么,后讲什么,字字句句都再三斟酌选用,所以是头一位大文人,大手笔。著书作述,必须这样用心思。不背不行,光背也不行。

这位老师引我进了文字,也被文字纠缠了一辈子。我究竟应不应该谢他?自己也不知道。

图画教员

我在小学里有四门课学期考试总是只得六十分。音乐、体育是我的哥哥教。不论我自己认为多么进步了，他也只给及格分。图画、手工是怪自己没天分，手指不听话。心里想得很好，一动手就不对了。幸亏那位老师有法子让我及格。

图画、手工两门课是一个老师教。初级小学（一至四年级）一个年级一个班，每周每门两节课，他全包下了。四年级后来加了一门自然课也是他教。下午课完了，在规定放学时间以前不许学生离校，也是他带着做游戏，出主意安排捉迷藏等等。

这位老师已到中年，除了校长和校工就数他年长。小个子，有点驼背，一年到头穿一件灰布大褂，夏天单穿是长衫，冬天蒙在棉袍外是罩袍。听说他上有老下有小，只靠那一点微薄薪水钱养活。

他教图画课，有一回拿一把茶壶来让大家看，然后在黑板上画个大圆圈，说这就是茶壶。大家都笑。他在圈上面加画盖，下面改平作底，一边加上嘴，另一边加上把，果然像那把茶壶。他说要学画，先学看，画什么东西先看出"轮廓"。接着解说怎么把边画成线，把立体改成平面。当然是什么新词也不用，只讲一个词"轮廓"，他把实物贴着黑板比,说看到的只是一面,是平的。树叶子、花、纸盒子等等都拿到堂上来比着画。又教画基本形,方、圆、三角、多角,不要求准,只要求会用笔(铅笔),要直就直,要曲就曲。还教画猫,只是大圈小圈加耳朵眼睛胡子尾巴。他也教画山水,一个亭子、一道远山,平地不到二十笔直线曲线就完成了。我就是靠这些壶、猫、亭子混过考试的,因为考试就是自由作一幅铅笔画。

他教手工多半是刻硬纸片作图形。他把这些和图画连起来,说刀刻或剪开就是用笔画线,纸片粘起来就成立体。有一次他带了一团泥来,分给几个年纪大的学生,小的不给,怕弄脏了衣服(那时上学不限年龄)。他随手捏出个什么东西,说这就有边线,有表面,还是实的了。大的学,小的看,很好玩。下课就带去洗手。他还教用厚纸和废木料做小玩意。

他教课很少讲道理,讲道理也像变魔术,手下不停,一下子线变成了面,又能变立体。既教图形,又都分别涂抹颜色,讲分辨光和影,要大家试。他说什么东西都有形,有体,有颜色,都能归成几种基本的。会了这些再加变化,全靠手和眼。他不教画人,说人是活的会变,最难画,以后才能学。多年以后我才明白,他不但教几何图形,还教柏拉图哲学加上中国人的思想。可惜我学会用术语讲他的道理以后就把他的连孩子也能懂的话全忘了。

他教自然课不拘守课本。有一回他把我们带出校门到附近菜园去讲十字花科植物。大概有人向校长告了状,不许出外上课了。他又出主意,加一门园艺课,在学校大院子里开辟几个小畦。学生分成一些小组各自负责,于是天时气象地理土壤植物动物和人类的一些知识都在劳动中上了课,又做,又问,又讲。校长准他开这门课附在自然课上。但没有教一年就停了。舆论认为上学只为念书,学别的不必上学。

那时恐怕陶行知还在美国,也还没人讲教学做合一吧?这位老师说他的不是洋货,是土货,还引《论语》作证,说孔子门徒也有要求学农的,庄稼人嘲笑孔夫子的话也记在书里。读书人会动手是中国几千年传下来的好事。诸葛亮会做木牛流马。孔子会弹琴唱歌。作诗的人会种花。

我小时不会用手,到老也只说了一辈子空话,舞文弄墨,一事无成,记下这位老师略表忏悔之情。

塾师

从前中国的读书人叫作书生。以书为生,也就是靠文字吃饭。这一行可以升官发财,但绝大多数是穷愁潦倒或者依靠官僚及财主吃饭的。无数的诗文书籍出自他们的手下。书也由他们而生。

这一行怎么代代传授的？这也像其他手工业艺人一样，是口口相传成为习惯的。例如"学幕"，学当幕僚，没有课本口诀，但形成了传统，如"绍兴师爷"。从孔子的《论语》以及孟、荀、老、庄、墨、韩非的著作和《战国策》《文苑》《儒林》以至于《儒林外史》都有记录和传授，但看不出系统。这是非得在那种环境里亲身经历不能知道，知道了又是说不清楚的。大约一百年前洋学堂兴起，这个老传统就慢慢断了，只在一些回忆录中出现了。那些书也多半是说怎么念经书，学作八股文，到后来教书或进报馆书店，靠一支笔吃饭等等。这一行是怎么传授的？照旧是说不明白更说不全。这和外国的宗教传授以及学校教育很不一样。从学校出来的是什么学家，新的书生，不是旧的书生。

旧书生传统真的全断了吗？照我所知道的说，旧传统就是训练入这一行的小孩子怎么靠汉字、诗文、书本吃饭，同商店学徒要靠打算盘记账吃饭一样。"书香门第"的娃娃无法不承继父业。就是想改行，别的行也不肯收。同样，别的行要入这一行也不容易。汉朝朱买臣打柴读书做官，他并不是樵夫世家。清末读书人改行"下海"以唱戏为业，也很难。需要先有钱能请师傅教"玩票"，然后才能入

"行",还是和"科班出身"有区别。古今中外的"行"都是很难跨越的。

空话一通,说几句实话。

我的上辈至少有四代是靠啃字纸吃饭的,所以我从小就在家里认字,先背诵《三字经》,以后上小学仍要背书。小学毕业后有两年曾经从一位私塾老师受传统训练。那位老师订了一份上海《新闻报》,偶尔对我们分析报上的文章。虽然文章已用白话,他讲起来还像是有"起承转合"等等笔法,好像林琴南(纾)看出英国狄更斯的小说有《史记》笔法那样。表面上这脱离了传统,实际上正是传统的延伸。他虽在偏僻小县,只能看到几天以前的日报,也已感觉到报馆是靠文字吃饭的一条新出路了。书生化为报人是顺理成章的。报人不必是书生,他那时未必明白。

这位老师是进过学的,即考中秀才或秀才预备班的。他先问我读过什么经书。我报过以后,他决定教我《书经》。每天上一段或一篇,只教读,不讲解,书中有注自己看。放学以前,要捧书到老师座位前,放下书本,背对老师,背出来。背不出,轻则受批评,重则打手心,还得继续念,背。我早已受过背书训练,不论文言白话,也不吟唱,都当作讲话一样复述。什么"曰若稽古帝尧",无非是咒语之类,不管意思,更好背。《书经》背完了,没挨过打骂。

于是他教《礼记》。这里有些篇比《书经》更"佶屈聱牙"。我居然也当作咒语背下来了。剩下《春秋左传》，他估计难不倒我，便叫我自己看一部《左绣》。这是专讲文章的。还有《易经》，他不教了，我自己翻阅。以上所说读经书打基础，尽人皆知，还不是本行的艺业训练。

行业训练从作文开始。这本是几个年纪大的学生的事。他忽然出了一个题目：《孙膑减灶破魏论》要我也作。这在我毫不费事，因为我早就看过《东周列国志》。一篇文惊动了老师。念洋学堂的会写文言，出乎他的意料。于是奖励之余教我念《东莱博议》，要我自己看《古文笔法百篇》，学"欲抑先扬""欲扬先抑"等等，也让我看报，偶尔还评论几句。这是那几个高级学生还未得到的待遇。他们不感兴趣，因为他们不靠文字吃饭。这是入本行的第一步训练。不必干或不能干这一行的就要分路了。随后老师对我越发器重，教我作律诗，作对联，把他编选手写稿本《九家七言近体录》和《联语选》给我抄读，还讲过几首《七家诗》（试帖诗）。这好比教武术的传口诀了。

两年就这样度过。老师从来没有系统讲过什么，可是往往用一两句话点醒读书尤其是作诗作文的实用妙诀，还以报纸为例。当时我不明白，后来还看不起这种指点。几十年过去，现在想来，我这靠文字吃饭的一生，在艺业上，顺利时是合上了诀窍，坎坷时是违反了要诀。这就是从前社会中书生的行业秘密吧？可说不得。

视学

将近六十年前，一位朋友受聘去当县立初级中学的教务主任。承他不弃，约我去教国文以免饿死街头。

糊里糊涂教到学期中间，忽有一天课堂的靠学生后面另一扇门开了，进来三个人。一是很少光顾学校的校长，一是矮胖子，两人后面跟着我那位朋友。我当时正在向学生提问，照例找的是我估计还没学会的学生。他站在那里疙疙瘩瘩回答不好。我让他站着想，又叫起另一个程度差的学生，当然不会比前一个好。有的学生已回头去观望来客了，我还未注意，又想问第三个。忽然惊醒，有参观的人，不能再展示坏学生。赶忙叫他们都坐下，我自己来解答，不料我没说几句，那三位不速之客已经不辞而别了。

后来我那朋友笑着告诉我，他和校长陪同来的是县教育局的视学员。他听课后给我的评语是四个字：不会教书。

我一听，猛然觉得一只饭碗掉下来打碎了。

朋友仍然笑着叫我不要在意，县里的人都是熟朋友，不会有什么的。可是我仍然有点忐忑不安。

又过些时，我把这事差不多忘了，没想到旧戏重演。

有一次我上课一多半，远处那扇门又开了，又进来三个人。原班人马只换了一个，矮胖子变成穿西服的高瘦子。当时我正在讲朱自清或是别的名家的一篇短文，大概是选的补充课文。我既未提问，也没有讲解难字难句段落大意，只是在自问自答。问，这段文为什么要这样讲？换个讲法行不行？为什么接下去一段又那样讲？能不能改头换面颠来倒去？这个词，这个句子，若不用，换个什么？比原来的好还是不好？为什么？作者这样写，这样挑选词句，是有用意的，用意是引起读的人想到他没说的什么。若是改了，不但文章不好，用意也不是缺了就是错了。所以学文章一要探讨作者用词用句用意，二要想到同样意思自己还能怎么做，拿来比较。这样容易懂得人家也提高自己。我边讲边举例滔滔不绝。学生都不看书，只望着我，也不管有没有外人，我忽然想起，又来了客人，莫非又是来视察我的吧？连忙打断，改讲课文。不幸客人一听我讲的告一段落，转身出门，随后不久下课铃就响了。

果然不错，后来教务主任朋友对我说，那是省里的视学员来检查学校教学。我一听，扑通一声，心中的饭碗顿时成为碎片。

朋友问："你猜他给你的评语是什么？"说着大笑起来。我没法回答，想，该不会是立即革职吧？

"这位省视学听你讲课居然迷上了。一直听下去顾不得走,听完出门就下课了。还有一个班也不去听了。中午县里大家陪他吃饭时,他还发挥一遍,说是从省城出来到过几个县,这次才听到了新鲜课。这样讲书才能吸引学生,连他都觉得闻所未闻。他对你这堂课赞不绝口,说是没想到能这样讲文章。"

"你是开玩笑吧?"我不相信。

"哪里的话?那位视学员还想问你是什么大学毕业的。我只说是我的朋友,给蒙混过去了。你的名字也没告诉他,所以在座的县视学员也不知道说的是你。"

"后来呢?"

"后来上菜,就没有人提这和吃饭无关的事了。"

"对我来说,这可正是和吃饭有关的大事啊。"我这样想,但没说出口。

我到底是会教书还是不会教书呢?

井中警钟

一九二七年,北伐军打到长江流域,家里把我送下乡到亲戚家暂住躲避兵灾。这家有一个新结婚的表兄,不大说话。那位新表嫂赶着我一口一声叫小表弟,问长问短,笑个不停。还有一个小表姐,比我大两三岁,听说是还没有婆家，一说好亲事就出嫁。她脸色冷冰冰的，明明在和别人说笑，我一出现，她立刻就变脸。

住了两三天，我到村子里走动。村子很小，没走几步便到尽头，忽然望见前面有几间草房，还有篱笆拦出一个院子，院内有些花木。我走了过去。快到门口才发现有个老头手持大扫帚正在扫地。门前的土地坚硬，已经毫无尘土，几乎可以当作镜子，他还是不停地扫。这时我才想起，听说有个算是我的姨父的人患精神病，他的老伴去世，留下一个女儿。女儿又去世，他就成了"痰迷"了，单独住着，谁也不敢惹他。我正要转身逃走，老人抬起了头。留着八字胡的脸上一点笑意也没有。问我："你是从城里来的吧？"

我低声回答："是。"

"那怎么今天才来看我？你知道我是什么人？"

我只好轻轻叫了一声"姨父"。实在不知道这是哪门子亲。可是他一听，居然稍现笑容。又说："来了，就进去，屋里有人。"继续低头扫地。

我正在不知所措，院中闪出一个人，看样子只比我大一两岁，是个男孩子。他对我招招手，引我进屋，谈起话来，我才知道，他是老人的外孙，放暑假从城里来的。他上的是教会办的中学，一说校名，我可能是脸色有点改变，他连忙说："我不是'鸡'，也不是'飞机'，不是上教会学校都信教。"

那时有些在外地上学的学生回来宣传反对基督教,叫做"非基"运动,还发动过一群学生上街打旗子喊口号游行。基督教会在县城办了一所男中,一所女中,一处医院。这一闹,教会中学的教员和学生都成为"化外人"了。大人小孩都把他们当做"吃洋教的",不算中国人了。许多人说"非基"像说"飞机",那时谁也没见过飞机。识字的人中明白"基"是什么的也不多。

我观察一下屋子,果然没有十字架,也不见英文书,便问:"你们不是跟外国人念外国书吗?怎么没有英文书?"

他哈哈一笑,从桌上拿起一本书给我看,说:"这是我刚看完的。你要看,可以拿去,看完还我。"我一瞧,原来是石印本的《荀子》。从此我们成为朋友。我几乎天天去闲谈,听他说了不少我所不知道的事。

他自己取名叫警钟,又叫井中,还作诗为证:"警世钟来警世钟,警醒世上几愚蒙?他年化众等木铎,此日如蛙处井中。"我觉得这诗有点"打油",而且口气太大。"木铎"是孔夫子。他竟自称等于圣人,不服气,我也作诗给他看,这样,我们又成为诗友。

有一天,我把书架上的五大本厚书搬下来看。原来是

《新青年》一至五卷的合订本，他从学校图书馆借来的。他马上翻出"王敬轩"的那封抗议信和对他的反驳信给我看。我看了没几行就忍不住笑，于是一本又一本借回去从头到尾翻阅。小表嫂见了，说："小表弟看这么大的书！我一年也看不完一本。"小表姐也改变态度了。有一回居然对我悄悄说："你告诉我，有没有法子让我也能像你那样看书？那么厚的书里都讲些什么？能讲给我听听吗？"我愣住了。实在不知道怎么能把《新青年》里的话对一个不识字的乡下姑娘讲清楚。她怎么能懂得什么文言白话之争？

我已经读过各种各样的书不少，可是串不起来。这五卷书正好是一步一步从提出问题到讨论问题，展示出新文化运动的初期过程。看完了，陆续和警钟辩论完了，我变了，出城时和回城时成为两个人。

井中的警钟后来没再见到，也不知他还有什么业绩。至于我，若不是遇见了他，这一生会是另外一个样子吧？

大小研究系

我上小学时，一个同学的哥哥是在别人家里教家馆的。有一回我在那同学家中遇见了。他对我说："听说你喜欢看书，来看看我这里的书有哪些是你看过的。"拉我进了他的书房。

这间房里靠窗户摆一张长桌子，上面有一排书，都是商务和中华出版的新书。我家里的书虽多，但极少民国以来的书。新书是梁启超编的《新民丛报》合订本和《天演论》《茶花女遗事》。还有邵力子和徐血儿编的大本《民国汇报》，是民国初年的报刊文摘。我看到的更新的书便是小学图书馆和国文教员的《华盛顿》，《林肯》以及《小说月报》《小说世界》《东方杂志》等等了。这里桌上的书差不多都是我没见过的。有的连书名也不懂。例如马君武译的《赫克尔一元哲学》又名《宇宙之谜》。马君武这名字我在《新民丛报》里见过。拿过一看，书中有不少墨笔的浓圈密点，好像书主人批作文考卷或是古文古诗。

书主人说："这部书很好，你看不看？我的书你都可以借回家看，只要小心别弄脏了。"

于是我凭空得到了一个新图书馆。不懂什么叫"一元哲学"，还是从小说看起。先看从《东方杂志》《小说月报》摘编的小本《文库》。还有鲁迅和周作人合译的《现代日本小说集》。可惜他的小说很少。这些还是他从另一位小学教员朋友借来的。他和那位朋友每年寒暑假都汇钱到上海去函购一批书。彼此先商量书单以免重复。有一次他邀我加入买一两本。我不敢向家里要钱买"闲书"，无法参加。

有一天傍晚,我又去还书借书。只见他一手抱着个小娃娃,一手拿着一本线装石印书,站在房门口对着黄昏余光看。见我来了,他放下书。我捡起来一看,原来是赵翼的《廿二史札记》。我想他是为了省煤油,不点灯,在院中看书。还有,我从来没见过他的夫人从挂着门帘的里屋出来过。也许是那位已经生了娃娃的人还自认为新娘子,怕见我这个大男孩子。我在外屋多谈一会儿,她就要在黑屋子里多关一会儿。想到这里,以后我不敢在他家多听他的长篇大论了。

他有不少心理学书。多次说,心理学是常识,每人都得懂一点。他让我先看陈大齐的《心理学大纲》,说是可以由此入门。他说这书是偏向构造派的,以后再看机能派的,然后看那本《行为主义心理学》,《社会心理学》放到最后。还有杜威的《思维术》,暂时不必看。陈大齐的书是北京大学首先开这门课的讲义。我看了看,虽不全懂,却发现大学生念的书小学生也能看。

又一回,我忽然见到桌上有一大本《妇女杂志》。心想,怎么男人看女人的书?翻开一看,原来有一辑中选征文,其中有他的一篇文,署名是他的号。我认识的人中这是第一个把写的字变成印的字的。他的文章第一句中有个新词"对象",我不懂,又不好问,怕是和女人有关的词。但看书中文章好像也不是只给女人看的。他问："你想看看我这篇文吗？"我怕拿回家去被哥哥看见。他是家中除我以外唯一识字的人，虽说很容易瞒过去，但还是觉得不好，便没有借。

小学毕业后有一次一些同学聚在一起。一个大同学忽然高声说："我向大家报告一件新闻。袁世凯在北洋政府有个研究系。现在我们县里也出了研究系。还不止一个，有两个：大研究系，小研究系。大的不必说，小的就在这里。"说完把手向我一指。一阵哄堂大笑。我很不好意思。这时才知道那位借书给我看的大朋友是全县有名的书呆子。现在把我也算上了。在许多人看来，上学识字只要能算账写信，读书就是研究，那是傻瓜才干的事。

大学生

那一年，我非离家不可了。哥哥不让我再上学，忙着给我说亲，幸而我不像有什么出息，所以还没有媒人上门。怎么能这样下去？我一着急，便跑到邻县民众教育馆去找一个老同学。他听了我的诉说又找来馆长跟我谈。这人看来不过三十岁，听了情况以后问我："有个小学还缺国文教员，校长托我找。你去不去？在乡下。"我喜出望外当然答应，他说："你回家说一下。开学以前来，我找人送你去。"后来才知道,他本是黄埔军校学生,国共分裂后脱离军队才回家乡来。说话直截了当,不失军人本色。

我去的这所小学是孤零零的一座庙。校中连我共六位教员,教六个年级共六个班。三位是本地人,其中一人兼校长,一人兼管会计庶务。只有两人和我是邻县的。他们五位都比我年纪大,但都不超过三十岁。一到星期六晚上,本地三位都回家,剩下三人看书或闲谈到星期一。

渐渐我知道了,有三位是在外地上过大学的。一个是广州中山大学的,现在当校长,家在附近。一个是上海大学(校名)的。又一个在武汉上过学,不知是不是一度改名为第四中山大学的。武汉的不大肯讲话,总是面带忧色。广州的喜欢讲话,但不说广州的事。想来他们都经历过一九二七年革命失败的忧患,但都不谈。不论他们讲什么,我总是旁听者。

上海的有一回对我说:"你应该出去上学。可惜现在没有上海大学和附中那样的学校了。上海大学校长是于右任挂名,实际不到校。附中主任是侯绍裘。他的人品太高了,学生和教员没有不佩服他的。可惜不在了。他是共产党员,被捉去杀掉了。我们的大学教授中名人太多了。我学英文,你知道教员是谁?"停一停才说出三个字:"周越然。"这是《英语模范读本》的编者。当时这书很流行,我也念过。他接着讲："还有许多人，像沈雁冰，你该知道的，《小说月报》的编者。照侯绍裘的说法，革命要有真本领，不光推翻敌人，打倒什么，还得准备革命成功以后怎么办，所以课程很严。教员不都是共产党员和国民党左派。教材也不都是宣传革命的新书。可惜他只想到成功以后怎么办，没想到失败以后怎么办。"

我插嘴问："英文念什么书？"

他哈哈大笑说："你猜想不到，是《断鸿零雁记》，苏曼殊小说的英文译本。"随后他从箱子里取出柳亚子编的《曼殊全集》，好像是五本，交给我看。我那时还小，看小说，不明白为什么不能结婚就要哭哭啼啼。诗，我全抄了下来，因为和我念过的古人的诗不大一样。接连好些天，到星期日就都讲这位多情的辛亥革命和尚，大声吟诗。上海大学生还写成条幅贴在墙上，一首又一首轮换。尤其是那首"契阔死生君莫问，行云流水一孤僧。无端狂笑无端哭，纵有欢肠已似冰。"后来我才知道，上海大学生的妻子从上海不知到了什么地方，无法团聚。武汉学生的妻子已经死了。

武汉学生说到过萧楚女，说他本是茶馆里跑堂的伙计，学会写一手好文章。除了恽代英，谁也比不上。可惜他也被抓去杀了。这时我才有点明白，他们为何反复吟唱"孤灯引梦记朦胧,风雨邻庵夜半钟。我再来时人已去,涉江谁为采芙蓉?"不单是想到妻子和朋友,还想到侯绍裘和萧楚女。这样无端高唱诗以代哭笑,假如本地教员来见到,一定认为是疯了。好在他们星期日决不来学校。

学期结束人便分散,从此大家没有再见面。我也从此成为"行云流水一孤僧",过了许多年才不做"断鸿零雁"。

棋友

有一年为我和哥哥去学校方便,我家在小学附近租了一所小院。旁边的一所大院,房东自己住。后面还有一个园子种菜,园里有间小草屋没人住。

不知什么时候起小草屋里有了人,是个青年人,二十岁出头,听说是房东的小儿子,本来在外面一个镇上教小学,不知怎么回家来了,他已经结婚了,但怕不是回来陪妻子。这家人是亲戚,全家人我都见过。这个青年人是第一次见到,他邀我进小屋,已经布置成书房了,桌上翻开放着一本圈点过的《古文观止》,还有一本帖是《不空和尚碑》。

"这帖我家也有,老师教我临写的是《郑文公碑》。"我对他一说,他立即把所写的大字给我看,并且要我也照样临写《和尚碑》拿给他看。于是我们成为写字的朋友。

每天早晨各自临帖写一张，晚上我去和他比着看。他不比我写得好，我就更起劲了，也不管年纪差了一大截。

我发现他还有一张白纸上画出的围棋盘和两罐围棋子，兴趣又来了。我学过不多，他学过不久，一试，彼此差不多。我是大嫂教的，还摆过《桃花泉棋谱》。他是他父亲教的，有一本木板印的对局棋谱，前后封面都没有了，不知书名叫什么。谱中棋手从清初过百龄到最后一名国手周小松都有，大约是光绪年间刻本。一面是谱，一面是评。我们每天晚上先下一局，后摆一局棋谱，分别代表一位国手。那时下棋布局时有四个子固定，我们也未学官子下法，所以只会中盘战斗，最后数子结果是互有输赢。

母亲有一天悄悄对我说："你天天去下棋，可听到他说过什么话？"我回答说只是下棋，讲写字，有时谈谈古文，随后母亲才说，这个人在外面不知做了什么错事，回家来被管住不许出门，和他来往要小心点。

有一次下棋正在打一个劫，两人低头盘算劫材时，我忽然闻到一股烟气，抬头见到棋友的父亲不知何时来了。他端着水烟袋对我点点头表示赞许，不久就走了。以后偶然他还出现，对我们的棋指点几着。他还说，要让我四子怕他不行，让两子怕我不行，可以让三子对局试试。他儿子告诉我，不要和他父亲下棋，因为我一定输，而且他下出瘾会天天晚上来，我们就下不成了。后来他父亲只看，不下，就不再常来，只偶尔忽然出现了。

这样过了几个月，我们除棋、字、文以外什么都不谈。快到冬天了，忽然有一回当我临走时他递给我一卷纸，说这是他的表兄从法国寄来的。他已经看过，或许我也要看。不论我看不看，这些都送给我，不必还他了。我回去打开一看，原来是一些单页，是几篇文章，好像都是从翻译的书中摘出的。是不是法国印的，不清楚，不是一本书。只记得其中有《克鲁泡特金自传》的零篇，末尾署"芾甘译"，芾甘后来改名巴金，那时还在巴黎当学生。其他几篇内容相仿，讲阶级斗争和社会主义。我看过以后虽然不全明白，但也想到他的这位表兄可能就是促使他被家中关起来的祸根。好在我母亲不识字，哥哥从不过问我的事，而且他也未必懂得这是些什么话。那时除了行动要防备闯祸外，谁也想不到书会有什么祸害。

这位棋友从来没有和我谈过这些文章，仿佛没有这回事。一年以后，我家搬回祖传的老房子，一切平静无事，毫无变化。谁又能想得到，挂着"安那其"招牌的社会主义从巴黎跑到这偏僻小县的小菜园的小草屋的围棋桌上来过呢？

金克木与外孙女摆棋。

农会会长

大约是孙中山去世的那一年（一九二五年），一位本家叔叔忽然从邻县来了。原来他当上了那县的农会会长，来这县见县官商量事。他到我家还和往常一样，没摆官架子，可是口气毕竟不一样了。

"我这回见到了两个县官。从前叫知县，县知事，架子比现在的大得多。此刻到底是民国了，官的威风也小了。我现在五十多岁忽然当上农会会长，也是新鲜事。向来也没听说过农会。我们的新县官一到任就打听哪乡最穷，当然要数我们山沟里。一户几亩地，家家不够吃。又打听到这个穷山沟里有我这个出过门，见过世面，进过县衙门，不怕见官，还识几个字的庄稼汉，就看中了。派人找我去谈话，见面很客气，几句话就讲清楚了。他要办农会，要我当会长。我不想干也得干，官点上了谁的名，谁就跑不掉。我不能不识抬举，可是这个农会是干什么差使的，我一点不摸门。他说，这不用我操心。他派一个文书帮我，找间房子办公，衙门口挂上农会的牌子，这就算成立了。头一件事就叫我到这里来，问这里办不办农会。他办了一份公事给我带着亲自来。我来这县衙门，一投文，县官马上接见，也很客气。不过你们的县比我们的县大，县官的年纪也大些，还有一位师爷陪着。这官谱可比我们县里大。"

他这一篇话说得我们全家都很开心，我不明白怎么县官想起办农会，还没问，他先说了："他要我办事，不能不先交底。讲了一遍，又让我讲一遍。来回几遍讲明白了，才叫我来跟这里县官谈。哪里知道，这里的官比那里的官知道的还要多。我张嘴没说几句，他就明白了。我讲不下去打咯噔，他就替我讲。叫我回去对我们的县官说，这里不打算办农会，劝他也别办。他说得直截了当，说现在是枪杆子世界，打来打去，打得天下不安。你办多少农会，大兵一到，全不听你的。巡阅使的马弁把盒子炮对你一指，你静等吃卫生丸归天吧。挂多少招牌也没用。那位师爷还带着上海的报纸，摊开给我看。我也不用看，反正把他们的话传回去就交差。要办，我就多进两趟衙门。不办，我种我的地。来回多少里路，一不骑马，二不坐轿，一个月也没几文冤枉钱，还得听那个文书师爷支使。我早知道没干头。"

他还是没说县官教他的是什么大道理。我在旁忍不住问了一句，他一听，可得意了，说："这可是新闻。说给你们知道也好。南边此刻出了一个过激党，就是赤化党，也叫共产党，又叫国民党，总而言之是一回事，比长毛（太平天国）还厉害。他们要农民打天下，办农会。所以我们也要办农会来对付。县官说那些人要并田地，分田地，问我怕不怕。我说，我不怕。我家里的地还不够我的五个儿子种的呢。不光我不怕，我那一窝子人家全不怕，全不够吃的。要分地只有分人家的，自己没什么给人家分，这就是我的话。县官一听，笑得合不上嘴，说，过激党要共产，你是头一名。说赤化，你算红到家了。这农会会长你算干上了。这样，我当上了农会会长，这一来，棺材头前有个官衔，我也就答应下来了。到这里一听，可又干不得。一个文书能打得过人家的马弁吗？又没枪，又没钱，这个没顶子的乌纱帽戴几天也就够了。一回家，大家都叫我老会长，我还贪图什么？衙门还是少进的好。"

后来听说那位会长叔叔回去以后不久，农会招牌就没有了。那位年轻县官没干几个月就被省里调走不知下文了。不知他究竟是什么人，为什么会想出这个主意。过一年，北伐军打起仗来了，又过不久，国共分家了。

生意人

我还在上小学，忽然不知从哪里吹来风声，说是结巴三哥开油行发财了，不知说这话的人对此是鄙薄还是羡慕。

这位本家三哥是逢年过节以外也还有时来的。他不是读书人，独立成家，有所房子，好像没有什么地产，不知靠什么生活。他说话口吃得厉害，没有几句能连贯一口气说出的。越有话要说，越着急，就越结巴。我觉得非常可笑又不敢笑，所以印象很深。他不十分胖，有点驼背，捧着水烟袋在房里踱来踱去，慢慢一个字一个字说话，和我谈今论古，倒也有趣。我真看不出，这么一个傻乎乎的人，话都说不清，怎么能做买卖发财呢？

有一天，他忽然来了。我疑心是我哥约来的。一进门就说："这些天穷忙，也没过来看你们。"我哥哥立刻打断他说："是富忙吧？听说你发财了，当然是小财。以后可以跟我们活动活动钱财了吧？尽管放心，不紧，不会找你通融。借了，一定还，决不打秋风。今天约你来另外有事，不是为钱。"他听了这话，连忙客气几句，结结巴巴，一句话几次说还没说全，含含糊糊也不知说的是什么。我看不过意，忙把水烟袋送过去，又点着纸捻子给他。说也奇怪，他一吸那呛鼻子的烟反而说话顺当了。我知道哥哥找他有事商量，便走开了。事后听哥哥评论说，他开油行，做没本钱的买卖，净赚，还哭穷。这种生意要的是油嘴滑舌讨人好，真想不到他这个话都说不全的人怎么能当油行老板？还收学徒！他自己从哪里学的？这年头就讲钱、钱、钱。

又一回，他跌跌撞撞摇摇晃晃来了。进门坐下就喘气。恰好哥哥出门了，只有我在家招待，连忙递过水烟袋去。

他吸了几口烟才安定下来,对我说:"也没有什么事。你对哥哥说,他的事办成了,放心。"这几句话说得很流畅。我递过一杯茶。他喝了,又开口。我料想不到他竟会对我这个小孩发起牢骚来。

"还是你们念书好。我为赚几个钱吃饭,活受罪。见什么人,都当他是祖宗,大爷。一天到晚点头,哈腰,赔不是。算账到半夜才睡。还得替人管孩子,说是学徒。推又推不掉,用又用不起,轻了,重了,都得罪人。说我发财了,财是这么发的吗?人无横财不富,这样苦赚几个钱,哪能存得住?开油行,出个房饭,供来往客商,赚人家一点零头,还不够应酬。四面八方伸过手来要。想不干吧,又不会别的,几个人一凑,把我掀上马。没半年,连本带利全把股抽走了,剩我一个,还说是帮我开了张。好大的恩典。"

他的口吃不知怎么忽然好了一大半,一句一句清清楚楚。我忍不住说:"苦是苦点,也赚了钱哪。"他一听,火了,说:"赚几个毛钱都给人敲走了。上有官,下有民,就是苦了中间生意人。"抽几口烟,又接下去说:"官顶大,大不过小小地保。你不多出灯油钱,他就说,更夫不打更了,说不定哪天就出事。三天两头出名堂,找你要钱。一文不能少。大官数巡阅使,他看不上我们小生意。找几个大富户,说,几个月没发饷了,弟兄们要兵变。万儿八千就到手了。发什么饷？发给鸦片烟麻将小老婆去了。大官，小官，层层有官，还有官不官民不民的，数不清，各有门道，今天借三文，明天借五文。从过往客户得来的一点油水，哪里够应酬这些判官小鬼？"满腹牢骚从他嘴里滔滔流出，口吃竟好了。

哥哥回来听我一说，对我讲："你听他的！都是帐面上的话，跟他的结巴一样。他嘴上说不清，心里有算计。他只说对了一句：人无横财不富。规规矩矩做生意将本求利是发不了财的。他那点钱怎么来的？他是坐地分赃大窝主，拿人家客户存的钱在手里转来转去越转越多。官明抢他的，他说。他暗夺别人的，就不说了。"

我不明白，这财到底是怎么发的呢？

说书人

文盲之多据说国际上大国中以印度为第一。我从前在印度住过几年。依我看，文字之盲的"文盲"确实多，连拼音文字也不会读写，书本之盲的"书盲"倒不算多，因为他们的书主要不是用眼睛看的，而是用耳朵听的。从古以来就是这样。佛经一开头都是"如是我闻"，凭口头互相传授。中国人历来看重读书。《论语》中子路一说"何必读书，然后为学？"就遭到孔夫子的训斥。实际上，中国的读书人在全人口中从来就为数不多。我们的文化传统也是靠口传的比靠文字书本的多。唱书说书不是仅对文盲有吸引力，知识分子，不论低级高级，听书迷，爱听评弹大鼓的，也不少。

我小时候常听大嫂说书。常在晚间一盏煤油灯下见她戴上老花眼镜，手执一本线装书又唱又说。有时煤油不足，还把古老的豆油灯拿出来，点上两根甚至三根灯芯。拨灯草和剪灯花是我的事。全家大小围在桌边凝神静听。只有我一个是男的，又是小孩，不专心，常常去注意灯盏。

大嫂的唱腔在我听来只有一个调子。直到现在我也不知道那是什么腔调。不是苏州评弹，更不是北方大鼓或则四川清音。她是河南人，唱的也不是河南坠子。有点像吟诗，又不是读书腔。我疑心是她自己半继承半创新的曲调。我觉得单调，但是听的人可以天天听也不觉厌倦。我也觉得苏州弹词和越剧、黄梅戏的调子都是不断重复。这话一说出来就遭到内行的怒斥。在印度听到乡间的人唱他们的史诗，上古的，近古的，虽然好听，也好像各自只有一个曲调。不知《格萨尔王传》的唱法是不是这样。中国旧诗吟唱也是大体固定而细微多变，单一而不招人厌。一种多少年多少人熟悉而不厌烦的歌唱曲调不容易定型，也不是任何个人可以随意改变的。至于为什么会不使人厌烦，我回答不上来。我是外行，听流行歌曲也以为仿佛只有一种旋律。

大嫂唱的书，不久我就能看懂了。她来回唱的不过是《天雨花》《笔生花》《再生缘》《玉钏缘》几种。我还发现她有木版的《义妖传》讲白蛇和许仙，石印的《玉蜻蜓》讲一个尼姑庵，她都不唱。孟丽君的故事连我都能背出来了，她还要唱，大家还要听。

这已经成为大半个世纪以前的古话了。现在，"一灯如豆"，全家团坐听书的情景再也不会有了。连戏曲和电影都有点抵挡不住广播和电视了。大鼓和评弹也好像快要消失了。说书人呢？业余的，家庭中的，早已没有了吧？专业的呢？在广播和电视的节目中还占什么地位？究竟还要不要，或则还会不会再有，那种单调而耐重复，持久而不惹厌，能使各等人都入迷的唱书和说书呢？旧形式破了。立了什么新形式呢？电视连续剧能代替吗？人是容易忘事的。不识字，不读书，听不到广播，看不到电视，靠什么一代一代往下传，传的又是什么呢？五十年前我在印度看见文化传统的又断又不断的破碎情景，文盲快要兼"书盲"的危险信号。对此，我本不明白，还是几位印度朋友提醒我的。他们是有眼光的有心人，还是忧天的杞人呢？印度从古没有"书同文"，只有各种拼音文字，假若文盲再加上"书盲"，视听全断，没有了说书人和听书人，各色史诗都不再传唱了，只剩下迎神庙会使人不致全盲于传统了，那会是什么样子？会不会史诗重演而不自知？以旧为新？这是当年印度朋友和我谈的。当然现在印度不会是这样，中国也不会是这样。我由小时听说书唱弹词而想到印度的说书唱诗，写下来这些话，不过是无关紧要的一些闲谈而已。老人多讲老古话，何必呢？红娘说得好："谁问你来？"

占卜人

从前的读书人不但要读经史子集，还要学会作应考和应酬的诗文，还讲究懂得琴棋书画医卜星相。我老家里的几十箱旧书就是这样杂乱的。从太平天国时去世的曾祖父到我，四代都是靠书本文字吃饭的，所以我小时候翻看家中藏书，成了杂乱无章的字纸篓。

我的哥哥不知何时把讲算易卦"文王课"的《卜筮正宗》等书翻出来拿回屋用几个铜钱学占卜。我也就找出几部讲"大六壬"的书来学"袖占一课"，"掐指一算"。恰巧这时我看了《镜花缘》里面教"六壬"的入门。小时候记性好，没多久就可以排"三传，四课"列"神将"，而且可以不写下来只掐指指节记在心里了。我们兄弟二人各学一套，从不互相对证，更不讨论比较。

有一天，嫂子怀孕要"临盆"了。我看见哥哥一个人在书房里手摇铜钱排"文王课"。过去一看，原来得了个什么易卦，什么"之"什么卦。我笑着问他是不是预测嫂子生男生女。他点点头。这只要辨别阴阳，是最容易判断的。于是我照他写下的干支日时也掐着手指算了起来。我要胜过他，故意不写也不说话。一会儿，只见他喜形于色，提笔批上"断曰：必生男。"我的"六壬"课也完成了，想一想，判断是"生女"，便对他说，"错了，是生女。"他很不高兴，问我怎么知道。我便将我算的"课"写了出来，也加上"断曰：必生女。"哥哥不懂"六壬"。我偷看过他的卜筮书，懂一点易卦，便又指出他的判断有误，没有考虑周全。这一"之"，出了"变爻"，情况不同了。他一听，更不高兴了，说，"好，比比看谁灵。什么大六壬，怎么比得上《易经》?"我比他小十几岁，跟他念过《孟子》，知道他是学英文的，不怎么佩服他的《易经》，当下一口答应。过了两天，娃娃出世，是个女的。哥哥大为丧气，整整一天不和我说话。气消了，才对我说："看来是我的六爻敌不上你的六壬了。"我回答说："不是这样。只因你一心想生儿子，所以明明阳爻变了阴爻，卦变了，你还照原来想的判断。文王还是灵，你不灵。我给你'解蔽'。照我的'三传'看，明年嫂子再生一个，必定是男的。

'初传'阴象，这次生女，'中传'和'末传'都是阳象，下两个是侄儿。"哥哥一高兴，晚上请我到大街上去吃有名的门家小铺的包子和面条，还加上一盘香肠和四两酒。过两年，果然又生了两个侄儿。每生一个，哥哥都要请我喝酒吃包子面。他大大称赞我的课灵，开玩笑说："你将来可以走江湖算卦过日子，不用像我这样一辈子不出门当教书匠了。"

现在过了快七十年了，我早已忘记占卜之事。近年来忽然听说《易经》又行时了，而且占卜之风又要吹起来，不免想起小时候的这桩趣事。占卜当然是求预知，可是灵不灵不在卦而在人。我是同哥哥闹别扭开玩笑。他想儿子，说是生子。我便说是生女。又为了安慰他，说下两个是男的。居然应验，是"纯属巧合"。还记得当时我是在肚子里窃笑的，因为那一卦和那一课都是既可说生男又可说生女的。不但易卦，任何模式都是这样。如果连这个变易之"易"都记不住或不肯承认甚至不懂，那样算卦占卜只怕离游戏不远了。

近见文史出版社的《瞎子王》，是以小说体讲上海从前的算命行业的。据说资料是民俗学者供给的。从前民俗学只调查落后地区，现在国外人类学者已有一部分转向了。何必远赴山林？我们周围就有不少民俗可以调查并需要作新解说。也不只是占卜,还有婚丧之礼等等,要研究是大有可为的。光是斥责禁止,恐怕无济于事。

小姐

"小姐"这个词冷落已久,近年来忽然又通行了。既有"大姐",自然可以有"小姐"。"少爷"就不行时,因为"老爷"没有了。"青天大老爷"一词也早已销声匿迹了。

我的父亲是清朝人,大哥也要算是清朝人。在清朝快亡时,父亲忽然当上了"七品芝麻官",理所当然成为"老爷"。辛亥革命成功,他也理所当然被罢了官。民国成立第二年他就去世了。大哥继承了"老爷"的头衔,被称为"大老爷"。他的儿子是"大少爷",女儿是"大小姐",简称"少爷""小姐"。不过这些称呼都只在家里叫,出门不用。没过几年,大哥又追随父亲去世,于是这三项称呼也随之而去。几个小侄女都改称"姑娘"了。这不仅是口头称呼的变迁,因为从此以后我尽管还听见有人叫"女士"做"小姐",可是再也没有见过像我的大侄女那样的"小姐"了。

我的大侄女比我大了差不多十岁。我七八岁时她已经快出嫁了。她单住一间房,门口永远挂着门帘。她躲在屋里不出门,也没有人进她屋里去。大哥经常不在家,大嫂有事找她只是喊一声,她就出来穿过中间堂屋钻进大嫂房里去。小侄女们不去找这个大姐。大侄极少见妹妹。我是年幼的长辈,可以进屋找她,算起来也只有几次。

想不起为了什么事,我进了她的"绣房"。她本来是在伏案写什么,见我进来非常高兴,立刻站起来叫我"叔叔",又搬过椅子请我坐下。我那时已念完《三字经》和《论语》,看见她桌上有一本书,拿过来看,书名叫《女儿经》。还有一个本子,封面上写着《日记》两个正楷毛笔字。我也拿过来。她笑了,说:"叔叔要看我的日记?"原来她的父母是要检查她的日记的。我是长辈,也有这个权,不过当时我并不知道。翻开一看,全是写得端端正正的字,一点涂改都没有。每天除日期和天气以外,几乎都一样。晨昏到她母亲屋里去问安,问她父亲有没有信来。听她母亲讲点家里事和发点教训。这些她都要用简单的文言句子一项一项记下来。还有的就是读书写字缝缝洗洗学烹调。她有一架"胜家公司"的缝纫机,是家中独一无二的。她也是唯一会用的人,不知是怎么学会的。她记下父母教训都要加上以后永远记住不忘,一定遵行,有错也一定改。千篇一律,我翻看了几页就不看了。我一说话,她就站起来。我走时,她送到门口,替我掀开帘子。她一直是满面笑容,可是一句笑话也没有说，比我那从乡下来的不识字的二嫂和三嫂差远了。她们完全是两个世界的人，各自躲在自己屋里，除了见长辈和下厨房及吃饭、见亲戚以外，每天都互不见面，也不谈话。二哥和三哥和大侄不出去时就在二门以外的客厅里，或是各归自己的屋，家中唯一能在任何屋里钻进钻出不受阻拦的男人就是我。

大侄女婿是海关人员。大侄女跟着他走南闯北到过很多内外港口。我在外地见到她的次数比从前在家时还多。她对我的态度一直是和小时候一样，但不是"小姐"了。旧时海关本由英国人当"总税务司"，因为鸦片战争的赔款要用关税抵押偿还。后来收回主权，传统外国规矩未变。因此她不但要持家，带一大堆孩子，还得和丈夫的同事的夫人交际应酬，适应那些半洋半土以至全盘洋化的人和环境，从未出错。她的"女儿经"不是从书本上学的，而是从她父母的言行中学的。她在斗室中"面壁"十几年不是白白过去的。古时"礼"的教育不靠书本，也不是毫无效果的。如能学通了，就能变化应付不同环境和不同人物。古"礼"也并非仅有一种。二嫂和三嫂所受的不识字的教育就完全是另外一种，不大能应变。"礼"这个字的实际涵义是非常复杂的，如"行礼""送礼"等等。这些事，我到七八十岁才明白过来。我不懂礼，因失礼而说错话，做错事，得罪人，不知道有多少次。

女友

我这一生中男友不少而女友不多。有一位女友是从未见过面的，却至今不忘，甚至她信里的有些话也还记得。

四十年代初期，我正在印度乡间"修道"。可惜凡心未断，忽然给别人介绍的国内一位女子去信，得到了冷漠的回答。我又写一封信寄到昆明，请她的一位教中学的朋友转去。这位转信人显然看了我的信，给我来信说一定照转，还加了几句随便写上的话。不知怎么，原定的对象没有消息，转信人成为我的通信朋友。一来一去，愈谈愈热闹。她告诉我，她已经成为所谓"问题女郎"，能跳舞跳一个通宵，开始喝酒，还想学抽烟。她对于所学的自然科学不抱希望了。上大学念到毕业，在研究所工作，都成为过去了。中学也不想教了。不知道活下去干什么。她越这样说，我的兴趣越大，越觉得她够朋友，于是彼此的信越多也越长，各讲各的。

后来我寄了自己的一张一寸小照片去，是照相馆照的那种护照上用的呆板头像。她回信来了，一字不提照片，却在信中夹着一张男子的照片，和我的照片规格一样，只是多了背面的题字。赠者的名字只一个字，不知是谁。受赠者的名字不是她。这使我大惑不解，终于决定还是问一句。这引来了她的一大篇牢骚，说是气糊涂寄错了。说照片是送她的，名字是她的别名。那个男人欺骗了她，现在去美国"深造骗女人的本领"去了。这次她给我一张她的小照片，也是同样规格的。信中还说，照片是旧的，现在她胖了，体重增加了，不要凭照片想她是什么样。她也不去想我像不像照片上那样。说"神交"的朋友更好。说她是学理科的，不懂文学，脑筋呆板，不会胡思乱想。

那位介绍国内女子和我通信的夫人有一次问我还通不通信。我说，信是通的，但人换了。她大吃一惊。这两人都是她的同学，她都清楚。她问，这是怎么回事？这个人是有男朋友的呀。我说不错，已经去美国了，告诉她寄错照片的事。她说，不对，不是这个，是和她一同到昆明的，还来过印度，现在回去了，说不定要结婚了。我说，我只做朋友。她结婚也好。看她的信，够苦闷了，该结婚了。她说，不对，要写信去问。过些天，她拿回信给我看，说，"事情很清楚。她对你不错。可是你到底是怎么想的？她说你虽则知心，但未见面。快想办法让她出国来吧。"于是征得她的同意，给她找担保。可是英国驻昆明领事馆认为担保不合格，拒绝签证。她写来一封带点感伤的信。以后我们照旧通信。她还托去美国的同事给我带来云南大头菜。不久，抗战胜利，她就没有了消息。想来是和那一位朋友结婚到什么地方去了。

我庆幸有过这样一位女友。她使我在长期乡居中得到安慰，遣除枯寂。我们在信中没有谈情说爱。我当时想要的只是她这样爽快谈心的女朋友。我以为友谊需要谈心，心不通怎么能成朋友？爱情是又聋又哑又眇目的。婚姻不但要求有友谊加爱情，还要能在生活上谐调一致，所以最难圆满。天天在一起，哪有那么多的心可谈？也不能长久装聋作哑，睁一只眼闭一只眼。生活上更难处处时时一致。女友可以兼有友谊爱情二者之长而无结婚所需三者之短，因此我最珍惜所结交的几位女友的情谊。尤其是这一位，比另一位和我友好最久的还要好些，因为那一位还只是长期不相见，而这一位却是从来没见过。

坤伶

一九三九年暑假，我从湖南辰谿到贵州遵义，因为我母亲和一对同乡夫妇在那里一起住。找到地址一进门以为是走错了。迎门的一大间空房里什么家具也没有，只在两旁靠墙有一些刀枪剑戟和锣鼓，好像是戏园后台。我犹疑着穿过去才见到后进另有院子，朋友是住在那里。随后听说，前院的邻居是一家唱戏的，是女角和她的母亲、丈夫、孩子。据说是在西南一带还有点名气的京戏班子要在这里唱几个月。我想起在街上看见海报，头牌角色的名字三个字颇为不俗，可以合上"悲怆交响曲"，不知是什么人取的名，也想不到是女的。京剧女演员从前叫"女戏子"，客气点称为"坤伶"，在社会上地位比歌女、舞女好不了多少。我有个女朋友就是因为抗战初参加过抗日宣传队演话剧被她的"官太太"嫂子看不起，认为"玷辱了门风"。我在北京的报纸和小说中看过关于"坤伶"的种种说法。虽然有不少是"捧角"的，但仍然显出轻视的态度，仿佛这些女人无非是卖唱的，结局不是沦落便是嫁给大官小官，总之不是"上等人"。

我母亲笑着对我说，从前总以为"女戏子"不是好人，这回真认识了一个，才知道从前的看法不对。如果不是知道她的身份，决看不出她是那种吃"开口饭"的人一路。她说："你若不信，见面就知道了。"可是我不想见她，对戏没有兴趣。

不料有一天，朋友对我说，要和前院邻居同吃一顿饭。忘了是谁请谁，是什么原因，反正邻居一家四口加上朋友夫妇和我母子正好是一桌。到中午去前面练功的空屋一看，中间果然摆了一张桌子，也不像是酒席。互相介绍招呼，我没见到那位"坤伶"，到要入席时才见她从厢房出来。果然是衣着很朴素，留短发不施脂粉，没有名角气。不能算美人,也不是难看。不过我一眼就看出,她假如打扮一下或是"上装",毫无疑问可以成为城市风流人物现代女性陈白露或是古代的虞姬、杨贵妃。说不定还不到三十岁,已显得是主妇的样子,一点"表演"的痕迹都没有。我认识一位女友是正规学过话剧的,还主演过《茶花女》,后来从舞台退下当主妇了。有时我看得出她自然流露的表演艺术,例如笑得像舞台上的"茶花女"。京剧女演员的在家姿态我还是第一次见到,和戏台上完全是两回事,也不像小说里描写的那样。也许是话剧演员本来演的是平常人,所以在不表演时还难免偶然使人觉得像在演家庭主妇。这是她不留意就露出演"不是演员"的角色的"台风",还是观察她的人的错误,很难说。给人这样的印象,京戏演员较少吧?安排座位恰好我和她正坐对面,无法不稍微仔细些观察。这时我发现,她当着我这个生人还是难免有点矜持,眼梢和嘴角掩不住可能是女演员特有的美态。常人可以更美,但不会在一瞬间突出美态。好演员掩蔽不住这种练出来的功夫。学会的变成了天然的。对我坐着的这位不算美的美人不能不说话,不露笑容,不对我看;于是我发现了,原来演员的五官都会说话,可惜我一下子译解不出来她是不是对我说了什么不是嘴里吐出来的话。演员是会不表演时像表演,表演时不像表演的。

过了十几年,在一次宴会上,正坐在我前面一桌背面对我的一位忽然回过头来向后面张望一下。那无意中的一"回眸"有一种形容不出的特殊姿态。我吃了一惊,一闪念,这是谁,毫无疑问是程砚秋,不会是别人。我随即记起了那位曾正面对我坐着的"坤伶"。她一定也会这一手,我想。

半个世纪过去了。从前称为"坤伶"的现在是地位很高的"表演艺术家"了。"悲怆交响曲"不知后来怎样,不过她决不会记得我这个只有一面之缘的人的。

战犯

一九五九年,建国十周年大庆之后不久,我收到一封北京本地寄来的信。只有几行字,说多年不见,他沦为战犯,改造十年,承党和政府不弃,让他随团参观,到了北京。现在回去继续改造。知我在京,特写信问候。这信出于意外,使我吃惊,随即记起一九三〇年初到北京时情景。

一九三〇年九月,我到当时叫做北平的北京,正赶上冯、阎、汪反蒋,大战中原。十五日成立了又一个"国民政府"。九月十八日张学良发出"通电"拥蒋,发兵入关。才成立三天的北京新政府立即垮台。大批人员散亡。整整一周年过后就发生"九一八"事变,全国以至全世界的局势都要改观了。

那时我乍到北方，无钱无文凭，上学不成，认识了一些同乡。其中有些是黄埔军校学生，参加过北伐，不愿随蒋便脱离军队，此时来奔反蒋阵营的。他们也随即四散。有一个人多留了一些天，便是这位突然来信的战犯。那时他还没有当上官，住在一个小公寓的一间小房子里。他说是自从一九二七年蒋汪联合反共以后，他便离开军队到上海流浪。那两三年间，上海有些左翼人士办了一些短命的杂志和书店。他是武人，也改行写作，还写出一本论中国经济的书稿，没能出版，书店就被封了。此时他的上海联系已断，北京朋友已走，只好对新认识的我们几个没学校收容的学生发牢骚。我小时候在旧书中学过"潦倒"这个词，只知其意，这时才见到活人。"潦倒"的不仅是生活，而且是精神。他说，个人意志的能力有限，因为可供选择的范围很小，他现在只有支配自己生命决定"活还是不活"的权力了。随后他失踪不见。过些时收到他从南京来信，说，经唯一能联系到的老同学介绍，到中央军校在张治中手下当一名教官，生命总算维持下来了。

一九三七年抗战开始，我流落到了长沙。正赶上张治中新任湖南省主席。在省政府"参议"名单中有这位黄埔老学生。一见之下，他虽已不"潦倒"，却也未"得发"。原来介绍他去军校的老同学被蒋杀了。他吃饭无忧而升官无望，如今还只有个挂名的差使。他说："我无法帮你什么忙，只能请你上长沙老铺子李合盛去吃一顿有名的牛百叶（牛肚），喝四两酒。"

一九四〇年我去重庆办护照出国，正赶上日军飞机昼夜不息轰炸，十分狼狈。不料又见到了他。他的军阶升了，可还是挂名的闲"差使"，无事做。从此没有再见，不知消息，直到收到那封以战犯身份写来的信。我怀疑他除了参加北伐战争打到武昌以外，还会打什么仗。

一九八八年，我在一个小会上遇见一位本是战犯后任政协委员的老人。他写了一张条子递给我，说的是，他听到那位黄埔同学谈过我，所以通知我，他那位同学已在浙江病故，八十三岁。浙江好像是他夫人的家乡。

从革命军人到特赦战犯，八十三年中大部分是当教官、参议、犯人，一个人就这样完了。算是"潦倒一生"吧，官阶又不低。算是倒霉的"官迷"吧，又没掌上印把子。在二十年代末三十年代初可供他这样的人选择的道路本来很少，他又何尝知道自己选择的是向战犯改造所出发的道路？这样文不成武不就，终于当犯人的在大时代中何止他一个？旧时代已经过去，也就无须感叹了。

忽然想起我在出国前曾收到他一首七律诗。我用他的韵和了一首。他的诗全忘了，我自己的倒还记得，录下作为多余的尾巴。

> 江湖杯酒十年梦,迁客生涯一卷诗。
> 南国春归曾几日,故园花发定千枝。
> 华堂应有鱼龙幻,空谷徒余鸟兽滋。
> 既入中年哀乐尽,漫伤华发欲丝丝。

少年漂泊者

1930年七月下旬。

S县的北城门外大桥边，靠河岸有一只小小的带芦席篷的船正要开航。船夫跳上岸去解缆绳。

从城门洞里突然出来一个三十多岁的人，一面急步向前，一面招手叫船夫暂停开船，嘴里还喊着："等一等！等一等！"

他提起长衫的前后襟，一脚踏上跳板，又跳上船头。

船篷下面钻出瘦削的青年A，喊了一声：

"三哥！"

随后又钻出一个青年B。船夫忙从岸上跳到船尾上，怕三个人都站上船头，失去平衡。船晃了一晃。

这位三哥对弟弟说了几句话，就从口袋里掏出一个纸包塞在弟弟手里，说：

"这二十块钱给你路上花。到南京、上海就来家信。一定要想法子上大学，不要念中学了。家里供不了那么多年。"又转眼向着青年 B："路上你们互相照应，一定要小心，不可大意。"

他说完话，转身就走，进了城门。从他的脸色看，他还没有洗过脸；大概是刚醒过来，听说弟弟已走，想到一百块钱不够，才匆匆赶来，追加了一笔钱，还加重语气重复说了允许出外的条件。这条件说穿了就是从此要自立了。其实他不用家里钱已经两年了。去凤阳时用了钱，也只二十元。

不知何时已经开船了。

船篷下蜷卧着这一对青年，都不说话，只听见摇橹拨水的声音。

这两人都有一个从青年起守寡的母亲。不愿他们离开的只有这两位中年妇女。

小船快要到淮河上小火轮码头了。他们是来赶上轮船去蚌埠的。

这时两青年中才有一个说了一句话：

"我们现在真是'少年漂泊者'了。"

蒋光赤（后改为"慈"）的《少年漂泊者》那时在他写的家乡这一带很流行。一本薄薄的小说，全红书皮，在许多青年手中传来传去，引起他们到外地去漂泊的幻想。

在蚌埠，他们投住一家同乡开的店内。店里先已有两位黄埔军官学校毕业的人住着，筹划去北平（北京）反对他们的校长蒋介石。这时正在进行蒋、阎、冯大战。黄河两岸，蒋在南为一方，阎锡山和冯玉祥在北为另一方，两相对峙，准备决战。也就因此，全国仅有的通连南北的两条铁路线都不通了。本来搭上津浦路火车可以直达的，现在却要绕道上海搭海船去天津了。这几个人都是来这里等着出发的。

青年 A 对家里说是到南京或上海上大学的，哥哥才给钱放他走，一半也是怕他留在家里闯祸。但是走的这两人定下的目标却是北平，准备的是上不了学就找事做，哪怕拉洋车也干。他们天真地以为职业那么容易找，人力车那么容易拉。到蚌埠街上一看，那车不是他们拉得动的，但还不知拉车之中还有种种门槛。

黄埔学生还在蚌埠店中考虑去南京如何转道去北平，这两位青年已经到了上海。

到上海时刚好是晚上。他们在车站雇了两辆人力车拉他们去 A 的一位远亲的家。本来有人介绍他们去住一家招待同乡客商的旅馆，但他们为了省钱，决定还是先找那位远亲试试。

车子走了一些路，忽然停下了，同另两辆车的车夫谈了几句什么话。那两个车夫好像是给了原先雇的车夫一些钱。于是车夫要求他们下来换车，说前面他们过不去了。两青年以为他们是进不了外国租界，只好换车。车夫并没要他们付钱，只当他们对新车夫说了车费多少。

在路上又转了几圈，到了一个路灯不亮的马路边上一家门前。车夫放下车说："到了。"青年下车一找门牌，又上车让车夫拉到那亲戚家门边。门关着，一个青年去敲门，一个青年给银元让车夫找钱，并搬下行李。

门不曾关牢，一推就开，原来是一家小杂货店，柜台后站着一个青年。

"这里是姓吕么？"

问答两句，柜台里的青年说："原来是小表弟啊！快进来吧。妈妈到后面去了，马上就出来。"他说的话有些江北口音，还好懂。

青年B进来了，手里拿着两只银角子，说："车夫找来的这小洋钱，还没见过。"那时上海还用"小洋"，是银角子。"小洋"每个名义算两角钱，十二角才够一块大洋，别处不用。

柜台里青年一听，说："拿来我看看。你们是一同来的吧？"说着，伸出手，接过钱，向柜台上一摔，说：

"假的。你们上当了。"

青年B赶忙出门去看，车夫早已跑远了。

这时柜台里的青年抬起了头。新来的两青年才看出他是个瞎子。有眼的还不如没眼的精明。

那位表伯母从里面出来了。她是回过一次家乡，见过这位表侄的，立刻把两个客人留下，在楼上住，行李也搬了上去。

瞎子是她的小儿子，不满二十岁，在杂货店里做买卖，一点不吃亏，真正是"以耳代目"。他还认识盲文，会"写"盲字，把有许多针点子的盲人书和"写"字的铜板子及针笔给小表弟和那位小同乡看。

瞎子的哥哥结婚了，另住一处；第二天来了，答应给他们找船票北上天津。他脸上有些麻子。

这位表伯母带领表侄和同乡去逛上海。她嫌表侄穿的蓝布长衫太土气，让他换上瞎子表哥的一件白夏布长衫。他觉得很不合身，很难看，但也只好服从。

所谓游上海不过是去南京路上先施公司、永安公司楼上转转，然后到青云阁楼上吃茶。南京路中间还有电车路轨，有轨电车开来开去，声音大得很。马车也有，汽车不多。茶馆里满地瓜子壳。人声嘈杂，他们也听不懂。

青年A看过上海《黑幕大观》之类的书，想知道"大世界"是什么样子。但是表伯母不让去，说"那种地方去不得"。因为是白天，也望不见有"大世界"三个字的霓虹灯招牌，更看不到那门前著名的"哈哈镜"了。

麻子表哥来说，晚上送他们上海船；说是英国船，到天津，路上只停烟台，或者是威海卫。但没给他们船票，只收去了船钱。

晚上乘马车到了码头。行李放在岸边，表哥先上船去。

过一会，只见表哥和一个人吵着下船。两人一在船上，一在船下，都气势汹汹，却并不是打架，只是高声吵嚷。表哥来到两青年的身边，说："不坐他这船了。英国船上人太可恶。若不是要给你们送船，今天他一定要吃生活（挨打）。好了，我另给你们找船。"他又到别处去了。

两青年在有明有暗的码头上看守着行李，望着水里一条条庞然大物，回头又望黄浦江上的外国军舰和船只上的灯火，真觉得到了另一个世界。

等了好半天也不见麻子表哥回来。两人心里直着急。哪有到了码头再找船的？这是远道的海船，不是小河上找划船啊。

终于表哥兴冲冲地回来了，说："找妥了。上船吧。是吊铺，很好。是日本船，只停青岛。今夜就开船。"

一听是日本船，青年Ａ就想起"五九"国耻，不大愿意。不是英国船，就是日本船，各停各的"租借地"。"五卅"惨案不是英国和日本干的吗？中国招商局的海船呢？

但是没有办法，事已至此，只好上船。到近处看，船上赫然有"唐山丸"三个汉字。那是作为日本字写上去的吧？

上船后，表哥拿出两张纸给他们。纸上印的船名等等，没有舱位和价钱，另用毛笔写了一串认不出来的字。据说是七块钱一张，船上管吃饭。找来的钱也还给了他们。

所谓"吊铺"是二等和三等之间的非正式的舱。三等是统舱，没有铺位，不限人数。二等大约是一舱客四人。四等是"甲板客人"，没有固定的地位，船面上蹲在一个角落里就是。吃的饭也分等级。"唐山丸"并不是客轮，是货船。这"吊铺"未必是正式舱位，可能是船上的"茶房"和水手们弄出来自己赚钱的。

他们住的这间"吊铺"共有八个铺位。这时客人都已来到，由"茶房"分配好了。最里面一上一下两层双人铺。上面是两个女的，好像是两姊妹。下面两个男的，和女的同路。他们都是四川人，看不出是什么关系。中间一张双人铺，给了青年A和B。靠门口又是上下两个单人铺。上面的一个人好像是商人，对谁也不理。下面的是个江西青年。除那个商人年纪稍大外，其余七人都像是学生。

麻子表哥看安顿好了，便要回去。他们二人送出舱外。表哥又嘱咐几句，路上一定要小心，人杂得很，千万不可同时离开，要有一人看守行李，不可"露白"（露出钱来），等等。

两人打开行李，铺好，睡下。晚饭已吃过，电灯不明，糊里糊涂睡熟了。

一觉醒来，早已出海。他们庆幸不曾晕船。也没有看到吴淞口，不知炮台是什么样子。在舱门口一望，只在离开的一面还有点阴影，别处望来望去都是浩渺的大海。波浪比江河的大些，但船并不怎么颠簸。这是因为走的还是内海，离海岸不远，并不是到了海洋里。这时水还是黄的，以后才变成蓝的。

回舱在铺上躺下。青年 B 打开他带的《郑板桥家书》的石印本，欣赏那大大小小歪歪斜斜的书法。青年 A 不看书，听着海浪，心里背诵幼年自己抄读的秋瑾的渡海去日本的两首诗，浮起了书前面秋瑾穿和服执倭刀的英姿。

片帆破浪涉沧溟，回首河山一发青。
四壁波涛旋大地，一天星斗拱黄庭。
千年劫尽灰全死，十载淘余水尚腥。
海外神山渺何处？天涯涕泪一身零。

闻说当年鏖战地，至今犹带血痕流。
驰驱戎马中原梦，破碎河山故国羞。

领海无权悲寂寞,磨刀有日快恩仇。

天风吹面泠然过,十万云烟眼底收。

从秋瑾又想到甲午战争。想到若是搭了英国船,经威海卫,那就是在刘公岛一带,是丁汝昌、邓世昌等人英勇殉国的大战战场。想到他父亲当年也曾北上天津,打算"请缨"从戎。想到自己远不如以前的人有英雄气概。又想到鲁迅的小说《风波》,九斤老太说"一代不如一代"。这滔滔海上有过多少代人物!自己蹲伏在这日本货船的一角里,算得了什么?将来怎么样呢?不由得现出了黄仲则的诗句:

茫茫来日愁如海,寄语羲和快着鞭。

是要时光过得快些。不是正处在两个高潮之间的低潮吗?革命高潮何日来到?到了又会怎样?以后又会怎样?

他想来想去,在海浪摇篮中睡着了。

走了几天总不见到青岛。那边四个四川人的话特别多。尤其是那两个女的,叽叽喳喳说个不停。话又听不大懂,不知她们讲什么。两人穿的是短袖旗袍,两臂两腿经常在铺外,悬挂在青年A的头前摇晃,引起他心烦。两个女的似乎比他还小些,是上中学吧?上中学何必远迢迢从四川绕道往天津、北平跑？看样子也不像是有钱人家小姐，可没钱也跑不了这样远。那四个人只顾自己讲话，正眼都不看别人。当然他也不好意思总望那两个女的，可巧她们正在他旁边，躺着睁眼就望见，不想看也得看，无法避开。

青岛总是不到，靠海岸越来越近了，都是悬崖陡壁，嵯峨不断。

那小女孩子的两条光腿又在青年A的头上摇晃了。他实在烦不过，向她脸上望去，狠狠瞪了她一眼。好像是这一眼瞪得那女孩子赶快把腿缩上了铺。他很得意地闭目养神。又一想，却也难怪。在舱中最里面，又是上铺，两人共一铺，挤在一起，只能坐着头顶舱板，站不起来；上下四方六面只有一面对外通风，又离舱门远，有风也吹不到那里；天又热，正在七月，三伏天，众目睽睽，也不能脱旗袍，扇子都扇不出风凉；这样情况下自然要伸出腿来扇扇风。想想又对那女孩子有点同情，觉得自己刚才不对，错怪人家了。于是又睁眼望过去。不料恰巧这时那女的也把眼转过来望他。不先不后，正好碰上。两人都赶忙把眼避开。很长一段时间里青年A不再向那边望，也不理是否两腿又挂过来了。

这一次无言的交锋还有点结果。以后发现妹妹转到里面，姐姐换到外面来了。四条腿照旧经常同手臂和扇子或一起或轮流在空中飞舞，好像对下方斜对面铺上的青年A

示威：看你能奈我何！

终于到了青岛。

舱门口上铺那商人见船一停就出去了，一天也没回来。下铺的江西人也出去很久才回来。四个四川人轮番外出。只有Ａ、Ｂ两青年坚守老营，不敢下船。他们到舱面上去了几趟，只见岸上和船上都是乱哄哄的。岸上连青岛城市的影子也看不见。有个斜坡，望过去有些房子也许是仓库。那一边仿佛向高处去，但决不是上崂山。想来这是船停泊的地方，离热闹好玩的城市不知有多远。说是青岛风景秀丽，这里却像是堆垃圾的。他们一怕上了岸船开走了，二怕碰上日本人。幸好上下船的都是中国人，看不出有谁是日本人。他们其实并不知道日本人是什么样子。后来只见搬运夫从船上卸货扛上码头，一个接一个。过些时又见到往船上搬运的，这是上货。打听一下茶房，船停多久；回答是说不准，上下货完了就开走。于是两人只轮流上舱面望望人和货和单调的岸上库房，还不如另一边的大海好看。可是海也是单调乏味的，没有变化。更可气的是赶上了阴天，又不出太阳，又不下雨，阴沉沉的，灰苍苍的，天色极其难看。两人讨论研究半天，决定还是不上岸，躺在铺上好；轮换着出去呼吸舱外的空气。可是空气又不新鲜，不是海水的湿气、咸气，倒像是臭鱼虾的腥气。两人都认为青岛不必观光了。何必去看日本人的天下？还不如躺在床上安稳睡觉，或则，一个研究郑板桥的书法，一个默默背诵熟读过的诗文。

哪知这货船竟停泊了一整天。那商人到傍晚才回船。船仍然纹丝不动。

因为在船上颠簸惯了，船不动也像是还在动。晚饭后便入梦，也不管船开不开了。

天亮后吃早饭时，问茶房船开了没有，得到一个没好气的回答："你说开了没有？船走不走都不晓得。"后来才知道是快天明时开的船。这只小小货船沿着山东半岛的边缘走，好像是勘测地形一样慢慢腾腾向前爬动。

青年A这时对那两姊妹起了点同情之心，不觉得那么讨嫌了，却对那两个男的仍无好感。他们两人侍候两个女的过于殷勤。船开不久，姐姐有点呕吐，忙坏了那两位忠实护送人。幸而不久就安定下来。这两个人不时站起来同上铺两个女的讲话，有说有笑，真有那么多可谈的。听了一路四川口音，由厌恶而熟悉，却始终没有注意他们的谈话内容，毫无兴趣。

青年A对两姊妹的嫌恶之心减少以后，有时就研究那四只脚，分别其同异。他认为这脚没有遭受裹小脚之苦，自由自在生长，真是幸运。这光着的脚丫缝开得那么大，大拇指昂首天外的神气，真是为千年妇女的小脚出了一口气。这晃来晃去很少停止的光溜溜的东西有什么好看？怕热就不穿袜子？上船前大概洗得很干净，没闻到脚臭。倘若是穿了长袜子，或者裹了脚，那可不得了，会臭气熏天。讨厌的是那两个男的。他们一站起来献殷勤，腿脚便缩回去，或者一动不动，将青年A细致的观察研究打断。

有几个茶房穿着整齐的白制服一同进来了。前面一个手里端着盘子，里面有些银元。他们一进舱便低声赔笑说话，和以前的态度完全不同。

"明天要到天津了。各位受累了。我们招待不周，请多多包涵。"

门口的商人毫不犹豫，在盘子里放下了两块银洋。茶房笑说："请高升一点。"他又放下了一块。接着下铺的江西人放进了一张五元钞票，可是一转手拿回了三块大洋。茶房怎么请他"高升"，他照旧躺着不动，装作没听见。当然茶房中有人变了脸色，咕噜了一句可能是骂他的讽刺话。他也真有涵养，不但不生气，还笑了笑。外表上仿佛江西人听不懂宁波口音似的。

两青年没有预料到茶房的小费要给这么多。船费七元，小费得两三元。两人用眼色决定先各交一元试试。果然"高升"了半天，又各加一元还不肯罢休，只好又共加了一元，声明是学生，实在没有钱。四川人不知给了多少钱。反正茶房走时并不满意。

茶房出去，江西"老表"第一次对邻铺两青年开口，说这些茶房没有工钱，这是他们收入的一个来源，所以要得多。接着，他递过来一张名片。这使两青年很惊异，认为只是有身份的人才用名片，这个年轻人一定是非同小可。名片上并无职衔，只有中间三个大字是姓名，左下方一行小字是籍贯。

"你们是去北平上学吧？我也是去考大学的。"不知是从外表上看出来的，还是注意了刚才对茶房的声明。

"考什么学校？"

"当然是北京大学。"言下大有其他学校都不值得他去考之意，但还不止于此，"我到后先去拜访一位北大的名教授，他是我的同乡。"随即说出一位教授的名字。

青年A和B不清楚这位教授是何等样人。江西青年见没有引起应有的惊异，便又说两句：

"他是名闻全国的名教授，是我的同乡前辈。我这次去拜访，是请他为我上学给点协助。他教政治，我也准备学政治。"

两青年明白了，原来并无关系，是慕名而往，打旗号的。不知那几位四川学生听了意下如何，对这两人并没有产生好效果。

但是江西青年却一步步前进,一反途中的态度,和他们交上朋友。最后才露出下船上火车去北平时要彼此照应之意。这当然不成问题。

开行七天,这小小货船才从黄浦江开到了海河,停在一个码头上。总算到了。幸好是上午,但没有太阳。

两位女青年不知在什么时候、什么地方换上了花旗袍,整理了姿容,大非在上铺时之比了。

三位搭配在一起的青年一伙,四位四川青年一伙,跟随着独往独来的商人下了船。江西"老表"提议只雇两辆人力车去车站,一辆装三个人的大行李,一辆他自己坐着押小行李,两青年就不必再雇车了。一则车少旅客多,不好雇;二则离车站不远,可以走去。这是他去雇车回来后的意见,当然照办。

四川人还在忙查行李时,江西人已经安排好了。前面一辆行李车,后面一辆他坐上去,怀中和脚下放他的皮包和小箱子。车夫拉起就走,并不知还有两个人。两个安徽人不料车夫跑得越来越快,在后面紧追。

"坏了!我肚子疼。这怎么办?"青年B说。

这时再雇车已经来不及了,前面两辆车飞快前进。

"那你慢些走,我在前面追车。车夫!走慢些!"

车夫和"老表"好像听不见,仍旧快跑。

青年A又惊又气，只怕是像《黑幕大观》上说的那样遇上骗子。倘若行李箱子都丢了，钱也大部分在箱子里，那就只能讨饭了。一着急，步子加快，拿出在小学中赛跑的劲头，穷追不舍。

幸而是一条大路直奔火车站，路并不太远。他气喘吁吁跑到时，"老表"已在车站前停下，将行李搬下来了。

"怎么，叫你，你不停？"似乎质问车夫，实际对象是江西青年。

"车钱两角。这辆我付了，那辆你付吧。我去买车票。你把车钱交给我，我一起买三张好了。"

青年A怒气冲冲，不理他，付了一辆车钱。

"请你替我看着行李好吧？"江西青年有点求告口气了。

这时青年B赶到了，一头大汗。

"肚子跑好了。刚才疼得要命，现在好了。你去那边小窗口买车票，我看行李。"他对同伴说了这几句，在自己的行李上一坐，搁出手帕揩汗，对那位"老表"怒目而视，好像自言自语地说："哪有这样的人！真不是东西！"

江西青年自己一手抱皮包，一手提箱子，叫过旁边等着的搬运工人扛行李，自己去买票，单独行动了。

两青年到火车上还怒气不息；可是想一想，还是自己太老实，即使上当也怪不得别人。

到了北平车站，出站后，看到前面有一排人力车，另一边有两辆马车。过来一个人。

"要车吧？到哪儿？"

"皮库胡同。"

"好，两辆吧？五毛一辆，一共一块钱。这是定价。"

既是"定价"，还了两句价也无效，那人俫俫不睬。只好答应。那人便去一排人力车前说了一句。两个车夫各掏一张纸票子交给他，把车拉过来。原来那人不是车夫，而是把头，一转手赚了两张票子。

车子过了前门，向西单牌楼进发。大约走了还不到一半路，看见路旁停着两辆人力车。车夫把车停下，过去不知说了几句什么，那两个拉车的各掏出一张票子给原先的车夫。他们一起走过来，把行李搬上新雇的车子。原先的车夫大声说："说好的，到皮库胡同给一块钱，五毛一辆。"又是上海遇见过的那套把戏。这里不会有假的小银币了，那只在上海用，可是票子也可能有花样，好在是一块钱，不用找。

皮库胡同久安公寓，这是他们的目的地，找的是一位姓方的同乡，他在北平上大学。

同乡告诉他们，车费只要顶多两毛钱，那三毛钱被人从中截取了。最后送到的车夫最多不过能得两毛多钱，那也比平常贵。

漂泊到久安公寓，是不是可以"久安"呢？

家庭大学

大学的门进不去,却不妨碍上另一种大学。

初到北平的一个多月里,青年A在火车站先得到一位"把头"上了一课。后来老李又给他系统地讲了几个专题,"酒缸"、京戏等等。

公寓掌柜永远是那样点头哈腰,面带笑容,还没露出另一种脸色。虽没来挂号信,但第二个月的钱已经要去了。伙计永远面无表情,只做照例公事。除说出自己是唐山一带人以外,什么情况也不透露。公寓住客几乎都是学生,互不招呼,陌生到底。

过不了几天,青年A便自封为"马路巡阅使",出门去走街串巷了。他不敢走远,只在西单一带溜达。

他在石驸马大街的原先女师大的门前徘徊。看男女学生进进出出,有时还有坐包车(专用人力车)来的夹着皮包的教授。他对这些大学生不胜羡慕之至。心想着他所知道的女师大的著名教授鲁迅、钱玄同、黎锦熙、杨树达。

这些人的书和文章他读过，以为教授都是这样的大文豪、大学问家。

在离师大不远的世界日报社门前，他每天看张贴在报栏里的当天的报纸。从大字标题新闻到副刊和广告都不放过。他觉得这里的报纸和上海的《申报》《新闻报》不大一样。

一条条胡同里转来转去，终于在宣武门内发现了一条头发胡同。北京的地名奇怪，有很难听的"皮库"胡同，又有并不很细长的"头发"胡同。不料这条胡同里有一大宝藏：市立图书馆。这也是大学。

他走了进去，从门房领到一个牌子，便进了门，不看文凭，也不收费。

这是两层院子。外层院子长方形。靠街一排房子是儿童阅览室。里层院子是方形。一边厢房是阅报室，一边厢房是馆长室和办公室。正面三大间大房打通成一个大厅，中间空一块，两边相对是一排排桌椅，每人一桌一椅，行间有通道，正面一个柜台，台后桌子两边对坐着两个女馆员。后面有门通书库。也许后面还有个院子。柜台两边靠墙有书柜，一边是目录卡片柜，一边是上下两层玻璃柜，上一层是《万有文库》，下一层是一些同样大小的英文书。下面光线不足，望了半天，才看出书脊上共同书名是三个字:"家庭·大学·图书馆(丛书)"。目录柜中一查,古旧书不多,洋书只有摆出的那些,几乎全是"五四"以后的新书。

这下好了。有了大学了。青年A便天天来借书看。中国的,外国的,一个个作家排队看"全集",有几本看几本。又去隔着玻璃看《万有文库》的书名。其中有些旧书是看过的,许多新书不曾读过。于是他用笨法子,排队从头一本本借看,想知道都说些什么。《史记》《石头记》《水浒》以及《因数分解》《轨迹与作图》之类就不借了。有的书看不明白,简直不知所云。例如康德的《纯粹理性批判》和弗洛伊德的《精神分析学引论》,都是文言译本,看来好像比柏拉图的《理想国》还难懂。他想外国人原来一定不是这样讲话的,外国书不看原文的不行,变成中文怎么这样奇怪,不像是有头脑的人在说话。于是他奋勇借阅《家庭大学丛书》,也从头一本一本借出查看是些什么,硬着头皮连看带猜,还是有懂有不懂,但觉得有的书比那几本文言译本还明白些。他认为这不是文言之过,因为严复、林纾的译文也是文言,却明白如话,看得下去,也有外国味。怎么外国哲学家的头脑特别?他因此下决心学外国文,倒要看看外国人怎么说话作文,怎么思想,是不是有另一种头脑,中国人懂不了。

到哪里去学英文呢？补习学校也进不起啊。

除上图书馆以外，他仍在街巷中"巡阅"。有一天偶然看见一家大门边贴着一张红纸条，上写："私人教授英文。"

进去一问，原来是一位三十来岁的人，说是课本自选，语法也可以教，从字母学起也行，每天下午一小时，每月学费四元。这里就是他的家。

他下决心学，交了四元学费。他已接到家信，批准他留在北平上大学，过旧历年前可以再汇一笔钱来。

学什么呢？从家里带来一本破旧不堪的《英华双解辞汇》，一本《英文典大全》和一本《英语构造法》，都是英文本，但非外国原著。《纳氏文法》等书哥哥说自己要用，不给他。这几本不合用，得去买。

去西单商场新书摊上看了看，又到一家旧书店去找，却不知买什么好。记得那位在上海大学上过学的说，他念的是苏曼殊的《断鸿零雁记》英文译本。这本书他不喜欢。忽然看到一小本世界书局出版的《少年维特之烦恼》英文本，后面还附点词汇，很便宜。他想起一些同学和朋友迷上这本书，是郭沫若译的，他也看过，却不知好在哪里。他对那位爱朋友妻子而自杀的维特没有好感，不懂得爱上了人为什么要自杀。并没有人妨碍他去爱，要爱就爱好了。

他想歌德这书在当时德国和现在中国这样风靡一时，郭沫若都肯介绍，可见其中定有奥妙，从汉译看不出来。德文的看不懂，英文译本总比中文译本更接近原文吧。于是花两角钱把这本半新不旧的书买了，当英文课本读。

第二天去那人家里学英文。老师一见要念这个，他也没看过，愣了一下，也没说什么，就从头一句一句讲。青年A既看过中译本，又先查过生字，一听之下，觉得英文也并不难。学了几天，读了开头几封信，自认为自己查查字典也能看下去，而且觉得那英文不比郭沫若的中文好，还是看不出歌德的天才在哪里。想来只有读德文时再念原文了，便向老师提出。老师欣然同意，说，学英文当然要念英国人写的书，翻译总是不如原文，尤其是文学书。他认为英国诗没有一首能译成中文不走样，译得好也只能算是中国人重作的。

那么读什么呢？请老师推荐一本。屋里连书架都没有，只有几本书堆在桌上，老师便拿过一本给他看。这是商务印书馆出版的那种硬书皮的读物，家里有几本，如《天方夜谭》等，不过这一本他没见过。这书的中文名称是《阿狄生文报捃华》。

"这是英国散文的模范，值得精读。这才是英文，真正的英文。英国学生都要熟读的。"

他去旧书店找了一本，廉价买来。

果然这本书和他所知道的和想象的都不一样。越读越觉得像中国古文。他那时还不知道这也是英国古文。那种英文句句都得揣摩，看来容易，却越琢磨越难。明明是虚构的人物却活灵活现。又是当时的报纸文章，牵连时事和社会、风俗、人情、思想，又不直截了当地说，而是用一种中文里罕见的说法。他以为这大概是英国的韩愈、欧阳修吧。

"富兰克林学英文就是念的阿狄生。"老师这样一说，他更认为这个矿非开不可，越不懂越要钻。一看就懂的也得查究出不懂之处来发问。教学渐渐变成了讨论。讨论又发展为谈论。从文体风格、社会风俗到思想感情，从英国到中国，从18世纪到现代，越谈越起劲，最后竟由教学发展到了聊天，每次都超过了一小时。甚至他要走，老师还留他再谈一会儿。后来两人都成为阿狄生在《旁观者》报上创造的那位爵士的朋友，而且同样着迷于谈论。两人都自觉好像在和18世纪初年英国的绅士一起谈话。那位绅士，或则阿狄生，还有另一位编者斯蒂尔，也在旁边用写的文章参加。教学英文不是念语言文字而是跑到英文里去化为英国风的中国人了。

"这问题，假如是阿狄生，会怎样说呢？"

"爵士提起手杖,微笑着,说……"这爵士就是来学英文的青年学生。他把英文、中文混合起来乱讲,也不知是背诵书本,还是做练习,还是发了疯。

糊里糊涂一个月满了。他想想好像是从德国跑到英国兜了一圈仍然在中国,这样每月花四块钱来作不中不英亦中亦英的聊天不大合算,同时也想省钱,便告辞说下月不来了。

老师有点怅然。他说,以后不交学费,有问题也可以来问。一个月来已经成为朋友了,希望不要忘记他。他是大学英文系毕业以后教书,得了一场病,病好了家居休养,招几个学生在家教,却从未遇到过这样一个学生。据他说,不仅安慰了病后的寂寞,而且精神振奋,感觉到大学四年学的英国文学只是应付考试的表面文章和零星知识,学的都是死的,不是活的,以后要从头学起,真正研究英国文学。许多问题是从来没有想到的。

事实上,他不知不觉把自己在大学四年中所学的英文要点和心得给了这个学生,或则说被学生掏了腰包而自己还不知道。这不是他教出来的,可以说是学生学出来的,真正说来两者都不是,而是共同发生兴趣结伴探险得来的。

青年A想:这回岂不是进了"家庭大学"吗?

不料还有一处"家庭大学"等着他上,上的时间更长,得益更多，而且不费一文钱，当然是既不要文凭也不给文凭。

有一天他在世界日报小广告栏中看见一则："私人教授世界语。每月学费一元。宣武门外上斜街十五号。"

他在教小学时曾向上海世界语学会办的世界语函授学校交过一元钱，学过一气，不过全是从讲义学，全不上口，发音靠自己跟哥哥学英文《模范读本》时的国际音标训练无师自通的。他总想有一天张嘴同人讲讲试试。那时周围的人都笑他幻想，空谈，无政府主义、虚无主义等等。他不知道给他改练习卷子的是胡愈之、巴金、索非等人，也没有学到底。

看到小广告，他高高兴兴找去了。

这是一所大宅深院，门口和前院好像没有人住。大门旁有根绳子，旁边纸条写着"找人请拉铃"。他拉了铃，从后院跑出来一个十来岁的女孩子。一问是否有人教世界语，她说："啊！我去告诉叔叔，先请到里面。"引他进门到旁院一个大客厅中，自己跑进后院去。

这间大厅陈设简单，但很古雅，挂些字画。他向壁上挂的中堂条幅一看，写的是一首词，末尾赫然署着：

"宣统十六年秋于宣南。"

他吃了一惊。宣统只有三年，哪里来的十六年？却又明明是白纸黑字，一点不错。字写得很好，词也不是一般手笔。难道是一个奉前清"正朔"的遗老教世界语？这就奇了。

一个四十岁左右，头发秃了一半，牙齿也出了豁口的中年矮个子笑着走进大厅。

"日安！"青年Ａ用世界语说出口，自己也不知对不对。

那人完全没有想到来学世界语的竟张嘴就讲世界语，愣了一下，才连忙用世界语回答：

"日安！日安！先生！"接着改用中国话问："先生学过世界语？"

回答是念过上海的函授学校，不过没有毕业。

"我们是同志了。"这句话是用世界语说的。

"我们是同志。"青年也用世界语重复一遍作回答。他大感惊异的是两人发音几乎完全不差，彼此能互相听懂。

"那就不用学了。我只招初级学生。北平有几位世界语老同志，将来我引见引见。请坐。请问是上学还是做事？"

两人坐下谈了一会儿，青年心中疑团越来越大，终于忍不住了。问这条幅上的"宣统十六年"是怎么回事。

"啊！这不是我们的客厅。我们是房客，住后院。这是借用房东的客厅。房东不在这里住，只有一个看门的。房东是前清遗老，所以还在遵守他的'正朔'。哈哈！"

这才清楚了。说出这位房东的名字时，青年仿佛也有点知道，那是一位有名的晚清文人。

这位世界语同志孤身一人住在他哥哥家。他的唯一嗜好便是世界语。家中都认为他着了迷。他却偏偏也有几个着迷的朋友。先出来的是他的侄女。她以为花一元钱登小广告招世界语学生是傻事，决不会有人来学。今天居然来了一个，使这位同志在家中威信大大提高。可是事后知道，总共只招来这一个，还不是学生，成了朋友。广告费没能收回来。

这位世界语老同志姓张，名佩苍，原籍河南。

来过几次后，张对他说："你要继续学习世界语，我不能教你。这里有一位养病的同志，他才是精通世界语的，英文也好，有许多世界语书。约好哪一天我同你一起去见他。"

青年A上的另一所"家庭大学"又向他开门了。

这位世界语同志是蔡方选。他在匈牙利出版的刊物《世界语信使报》上有时发表小文章，名字是拼成一个词Caifonso。原籍江西。

这天，青年A先到宣武门外张家，张说："已说好了。蔡愿意见见你，一同去吧。"两人又进宣武门，到蔡居住的亲戚家，离师范大学不远。

蔡大约不过三十岁，戴着近视眼镜，躺在院中一张藤椅上晒太阳，身旁放着一个小茶几，上面有水瓶、水杯、药瓶和一只吐痰用的搪瓷盖杯。他的病是肺结核，那时认为是无药可医的，只能静卧、晒太阳、呼吸新鲜空气、吃鱼肝油，算是一种富贵病。穷学生都害怕得这种病。

蔡允许他去看那一小架世界语书；但他没敢开口借，怕第一次见面还未取得信任。这一次的收获是得到单独再访的允许。他以后由张的帮助买到一本很早的《世汉字典》。又去访问、请教蔡之后，蔡主动说："我的世界语书你可以随意借去看。"但他不知从哪一本借起好。还是蔡的意见：从创始人柴门霍甫的书看起吧。可以先借那本《文选》去读。

从此他又用那笨方法，把书架上的书一本本排队读下去。《安徒生童话全集》《哈姆莱特》《马克白斯》《神曲地狱篇》《塔杜施先生》《人类的悲剧》《法老王》《室内周游记》等等都是看的世界语本子。后来他还译出了一篇英国人用世界语写的游记体的小说寄给《旅行杂志》，居然刊登出来，得了三十元稿费。那书也是从蔡借的。

蔡住的亲戚家的院子成为他的大学教室。在谈话中他得了不少知识。蔡是南开大学毕业，当过教员，养病寂寞，对他谈学问，不限于世界语了。但关于个人私事一字不提，他也从来不问，不说，彼此不谈。

他同张的来往也密切起来。张的宏愿是编一部收罗词最多的《世汉字典》。编成了，出版家以缺少例句为理由不接受。他又编一部《中国山水词典》，出版家又以必须有名人署名为条件而拒绝。抗战开始，两本书都未能出版。他的另一志愿是开世界语书店。这由于蔡的大力支持，居然办成了，还出版了两本小册子。一本就是保加利亚的短篇小说《海滨别墅》和《公墓》的世汉对照本，是青年A译出又由蔡校过的。另一本是蔡的译著。这个书店没有门面，就设在张住的兄长家内他的卧室中。房东的那个大客厅成为他的接待处。他还在那里接待过一位东欧的世界语者。办理业务主要是通过邮局。由于张，青年A才知道向国外可以用邮局代收货价的办法（C.O.D.货到付款）预订书，而最方便的是向日本东京丸善书店写一张明信片买。那书店什么书都有，包括世界语书，而且来书迅速，很讲信用。

张还介绍他认识两位在两处著名大图书馆工作的世界语同志，但他从没有向他们或托他们借过书，不愿利用别人的职务，使人为难。

张在抗战时北平沦陷后抑郁而终。蔡到五十年代还在，后来因心脏病去世；始终养病，没有工作。

张告诉青年A另几处图书馆，他也都去过。

一处是在中山公园内中山堂里。他为此游了一次中山公园。这里不如头发胡同方便。

一处是北海公园内的松坡图书馆,是纪念蔡松坡(锷)的。他为此游了一次北海公园。这个图书馆设在僻静的小山中间,门口有个不大的匾。全是西文书,摆在那里任人取阅。陈设很精致。有一张蔡松坡的放大像。看不到有管理人员,无人把门。看书的人没有几个,都是中年或老年;从服装上看,全是上流人士。穿蓝布长衫的学生装束的青年只他一人,却并没有人对他注意,更没有人来监视他或竟赶他出去。因此他觉得自己更应该有读书人的风度和气概,不能被人瞧不起。这里根本不要入门证。门是敞开着的。书有许多大部头的,新旧全有。除陈列的以外,大概还有书库,那就要找管理的人借阅,要办手续了。

这时北京图书馆还未建成;建成以后,松坡图书馆的全部西文书都归并进去了。中山堂的书,国子监的书,听说也进入了那座新建图书馆的书库。

还有一处是中国政治学会图书馆。这是供会员用,不对外的。张告诉他也可以去。他去过公园中两处便胆大起来,也去观光。本来听说在太庙里,由此他游了一次太庙,却不料有门在外,通南池子。这是一个大院中的一所楼房。里面也几乎全是西文书,有一些日文书,几本中文书是政治学会自己出版的或是会员的著作。进门也没有人管,只在楼下入口处放着一本很大的签名簿。一看簿上都是稀稀落落大字的名流的名字,他没敢提起旁边的毛笔或钢笔来把自己名字夹在中间。也没有人管他是否签了名。书架从地板直到天花板,有可以移动的阶梯凳子供人上去取书。楼下还有一处摆着外国报纸。他第一次看见伦敦《泰晤士报》,字那么小,有那么多张。还有东京的《朝日新闻》。楼上大概还有供休息饮茶以及谈话或开小会的地方,他没敢上去,知道那是供会员使用的,自己样子就不像会员。他看见走进来的两三个人都是西服革履、鼻架眼镜、手抱皮包的教授神态的大人。分别来的这几人中,每人进来时都连望他一眼都没有,仿佛他并不存在,有隐身法。那些人也只找书、看书,不说话,同在松坡图书馆里一样。

他巡视的结果是认为自己的大学除别人的家中有不收学费的老师以外,还是头发胡同的图书馆。这不是他一个人这样想。后来他在这图书馆中结识了一些穷学生朋友,大家同有此感。特别是冬天,这里有个大煤火炉子,比公寓里生煤球小炉子暖得多,而且不花钱,又有烟囱不怕中煤气。有一次有一个穿得很单薄的女孩子拿一本书站在炉旁看,显然未必是为读书而实在是为烤火而来的。柜台后的女管理员毫不干涉,认为很自然,不当回事。冬天上座率由此比夏天高。

青年 A 到北平来后第一个月就进了这样的特别大学。他的老师中没有一个人有什么头衔。

他还进了一所更加不像样的大学，那就是旧书店和书摊子。他常去站在那里一本本翻阅。旧书店里的人是不管的，无论卖中文书的或卖西文书的都不来问你买不买。因为是旧书，也不怕你翻旧了。卖新书的书摊子就不同了。翻看而不买，久了就遭白眼。还有琉璃厂的古旧书店里那种客气神态是招呼常来的教授学者的。对他们是把书送上门的。摆在架上的书不过是做样子。他们来了总要"请坐，请茶"。对待穷学生的冷淡神态等于驱赶他们出去，告诉他们这里不是大学。同样地方，到过年时路旁的"厂甸"书摊子最大方，可随意翻阅。那时北平还保存着北京古都城留下的风格，逐客令是客客气气下的。有些大店门口站着说"您来了""您去了"的人实际是监视人员。有些店员客气得使顾客不好意思不买一点东西应酬一下。这些地方当然他不便问津；不过去古书店一次，了解情况，也是上了一课。

岁寒三友

邻人心园一放寒假就回家去了。

天天看见他那"苦闷的象征"的脸，青年A觉得这还是个好人，便写了几首旧诗给他送行。其中最后一首是："人海浮沉几许时，前途命运怕寻思。谁云奋斗即生活？试向天津问某之。"但怕惹他烦恼，这一首没给他看。

"你回家去后，寒假里我给你写信，一星期一封。"下面还有一句："和那个'之'一样。"没说出口。

心园的脸上闪过一下惊疑之色，随即笑着说"好"。他没有当真，以为这是小孩子的戏言，是安慰他的。他觉得受人怜悯不大舒服；但怜悯者不过是不满二十岁的顽童，自然不必计较。

青年A却是当真的。这并不是由于烧了人家的信想补偿，也是为自己不知道的一种说不出的心理所驱使。他晚上提起毛笔写信，报告当地的北国风光，询问更加遥远的真正北国风光。他以小弟弟的口气写信，自己也觉得像是对一个哥哥说话。但对南方的真正的哥哥却从来没有这样说过话。感情是一件事，感情对谁发泄是另一件事，假的有时比真的更能激发感情。

冰天雪地中的这一滴意外友情给了心园莫大的安慰。

寒假一完，他回来了。

他收到这些信很得意，感情有了补偿。他真把这个大孩子当做弟弟了。他说："家里见到妹妹，又收到弟弟的信，感觉到人生还是有幸福的。"他的妹妹比这个弟弟小一两岁，还在上中学。他并没有对这个异姓假弟弟讲自己家事。关于那个妹妹他只讲了这么一两句，没说她将来要靠订婚才能继续上学。关于那个"之"，他再没有提一个字。

青年 A 却没有把那个"之"和她的信一同烧掉。他不知怎么总会忽然想到那信烧得对不对。也许是应当留下来，将来还给她？听这自命哥哥的人夸他的信时，听他说到每星期总盼他的一封信时，自觉成了那个"之"的代替。怎么把自己和女的相比了？有点气愤，又有点不好意思。那个"之"却一辈子也不会想到有他这个人存在。

心园见他沉默不语，便改变话题：

"我看你的信写得很好。听我的话，你练习写作。写什么都行。有什么见闻感受都写下来，像写信一样。这样练下去，我相信你一定会写得好的。我写得不好，还常常练笔写。这也和练写字一样。"

他回家去办好了什么协议，恢复了家庭接济，在毕业前又可以过原来那样的日子，当然不再住这小房子了。

他搬家时再三嘱咐青年A要常去看他。

接着来当邻居的还是个东北口音的人。这人好像白天总不在家，青年A只见过他的后影。晚上也不常在家，在家时就有些客人谈笑打闹，好像还喝酒，有时唱几句不成调的歌或戏。猜想他也是个大学生，应该还有点钱，不知为什么会来住这低级小房。

有天晚上竟传过来一个女的声音。

青年A想逃出去，但天气太冷，晚间又无处去，只好对着小炉子的蓝色火焰发呆。他不听隔壁的谈话，但总有些话传进他的耳朵。男的话很粗俗，女的却报以笑声。女的笑声很爽朗，仿佛男的说什么她都毫不在乎。但她自己的话却是文雅的，一听就是个大学生。不知这两人怎么结交的。都是东北口音，证明他们是同乡。男的一声一声"蜜丝"（小姐），女的却不叫他什么。

更坏的情况还有。好像男的请女的喝酒了。他一次又一次叫伙计，想必是买酒菜花生之类。男的口气还很客气，不低声却下气，极力巴结女的，却是卑鄙的巴结，说的话几乎没有常识，甚至不堪入耳。青年A不愿听又不能不偶然听到几句。隔壁的谈话和手中的书中的话互相夹杂。这可能是有了女高音的干扰之故。

胡琴声响起来,卖唱的进院了。听得见男的把他们叫到门口,让卖唱的女孩子唱。拉琴的问唱什么。男的再三要女的点。女的只是笑。听不出笑声中是什么用意,但确定是毫无怒意。唱起来了,是男的点的小调。一支比一支粗鄙。卖唱的女孩子恐怕只有十来岁。听唱之中,男的力劝女的饮酒。女的除了推托一两句外只是笑。笑声配着小曲声,都是女的。

青年A想,这怕是一对疯子。不,男的不疯,怕女的有神经病。这种小调他都从未听过,怎么那位"蜜丝"能听得下去?以后会怎样呢?不会出事吧?他又想搬家了。

唱小曲的得钱走了。听见男的挽留女的,又听见女的不停顿的笑声,听见两人出了房门,听见男的喊伙计叫车子,女的笑说不必,男的一直送出大门,过好半天才回来。青年A想,真是谢天谢地。若天天如此,他非搬家不可了。他连掀开窗上纸帘望望都没有,只是听见声音,声音没法抵挡。

幸而女的只来这一次。总共没过两三个星期,男的就搬走了。

住了还不到一个月,却不能不付一个月的房租,可见那人不是没钱的。他究竟为什么来住？猜不出。因为青年A经常不在屋，邻人却不是真的天天出去。有些事青年A不知道，也想不到；但在掌柜的和伙计眼中却不足为奇。

晚间没有新书看，天冷又不便夜里去商场或旧书店看书，可找的几个人也不愿常找，于是青年A买了几个本子来。无信可写，便照心园讲的，写点什么试试。他买的是最便宜的毛边纸本子，有竖红格子像大账簿。他用插笔尖的钢笔写字只是抄英文，没有钱买自来水笔，又嫌铅笔字太不鲜明，而且练习簿子算起来比这大本子还贵些。用这个还可以练毛笔行书字。

他什么都写，也从借来的世界语书中翻译一些。揣摩阿狄生的文章觉得无法译，便研究为什么不能译，译不好。又看英文《维特》，记住一些自己认为很难译好的句子，跑到书摊上去找郭译的翻印本来对照，觉得译得太自由。单看中文不觉得，对照原文才知道这个《维特》是郭先生的，那位歌德先生的只怕同英文译本也不会一样。以后要学德文，追查到底。

隔壁又来了新邻人，看样子是和他一样的穷学生。两人少见面，不招呼。邻屋极少来客，主人晚间常不在家，他又可以住下去了。

这时他在图书馆里天天看报纸，对平、津两地的报有些认识了。《北平晨报》《世界日报》是看的人多的。《华北日报》是国民党市党部的报。那种又含糊又明白的小广告"声明""启事"就登在上面。纸张印刷都好些，证明它有钱。还有家北平新报不怎么样。小型报很多，但图书馆里只订了两三份。天津大公报较高级也较守旧，常登文言文。有两份《益世报》，一份是天津出的，一份是北平的，都是天主教的报纸。但两份的纸张印刷编排却是两等。天津的和《大公报》差不多，北平的纸劣又字迹不清。明显是两家的本钱大小不一样。天主教连办报也分教区等级，只名称相同。此外还有北平出的英、法、德文报刊，这图书馆里没有，政治学会图书馆才有。

北平的《益世报》上有个文学副刊，每周出一次，大半版。上面常登署名"病高"的小文章，看来是一个大学生。还有另一人写的文章末尾有时注上"于清华园"，应当是清华大学的学生。这刊物上有创作也有翻译，编者像是学外国文学的。

心园有时来，看到他的写作，鼓励他写下去。有一回说，"你也可以投投稿试试"。他没说发表了可以有稿费。青年A也不知道。他只知道出书可以卖钱，古时人可以写寿序或墓志铭卖钱，不知道报上文章也有报酬。偶然有文章末尾括弧中注"却酬"，他不懂。《小说月报》上的小说末尾有时有个括弧中注的"保留"或"留",他一直莫名其妙。多年以后才知道那是"保留版权"。每本书后面都有"版权所有,翻印必究"。鲁迅的小说集后面贴一小块纸,上有鲁迅的图章,也是标明版权。那时北平书摊上翻版书很多,很便宜,不管什么版权,还没见报上说打过官司,所以他不知道。

他在小学时就学写过新诗,还被教员选中一首抄在"壁报"上。那诗题是《荷花》,是看了冰心的《春水》《繁星》以后模仿的。旧诗向人学过,新诗是无师自通的。他这时写的诗、文、小说、短剧等什么形式都有,自觉都不合规格,不像模仿,也不像创作。心园说:"你得模仿报纸杂志上的体裁才行,哪有你那样写法?"

他注意考察了一些"报屁股"(副刊)以后,想起抄一篇投去,看看自己写的字能不能变成铅印的。他抄出一篇翻译的短诗,用毛笔工整地一笔一画抄在格子纸上,还怕排字工人不认识。投稿的方向他选中了北平《益世报》上那两位大学生编的周刊。别处编辑怕不会看他这无名小卒的稿子,白白做了字纸篓里的冤魂。

他的这首译诗是从世界语译出的,是沈雁冰在《小说月报》上提倡过的弱小民族的文学作品。原作是波兰诗人的吧?题为《梦景》:

谷上不息的雪风
尽在吹啸。
火焰在我的炉中
绕我飞爆。

在炉边,从烟斗里,
烟环逝去。
和它一齐飞走了
我的回忆。

黄金的青春和希望
今在何方?
已如吹啸着的风,
飞去茫茫!

无目的的风和我,
共烟三个;
无目的地在世间飞吧,
三个一伙!

他觉得这诗配合这时的他,好像是自己作的一样。随便署上一个名字，附上地址，寄了出去。

稿寄去几星期，居然登出来了。他看见自己的毛笔字变成了铅印的字，很高兴。过一天又收到了那位编者"病高"的一封信，告诉他译诗已发表，希望他以后还寄稿，并且可以到白庙胡同师大宿舍去找他。

过几天，他没和心园商量，晚间从西单向北走到白庙胡同。师范大学宿舍不止一处，这里的男生宿舍是一所旧房子。他见到了那位编者。他身材不高，也不像有病，"高"大概是"清高"之意吧？

病高对他很客气。说明他和一位清华学生合编这小刊物，只有几块钱编辑费。清华学生不要，他以此补助生活费。报纸另外没稿费，所以只好自己多写。很抱歉，刊登他的译诗没有什么报酬。他没说这是很少投稿更少选用中的一篇。

青年 A 并未想到要报酬。他是来见识一下师大宿舍和师大学生和作家兼编辑的。谈了一会儿，结交做朋友。他觉得大学四年级学生中有人是有才能、有学问的。

这以后他并未再投稿，和病高也没再见面。不久，副刊变样，那两位编者都毕业了。

心园后来把他写的那些东西都拿去了。心园毕业后曾经当过什么报纸的副刊编辑。常常缺稿子，就从这几大本账簿中找点凑上，补空白，随意改变一个署名，每篇不同。

究竟发表了一些什么,作者自己都不清楚。他有些见不得人的习作没有写在这本子上,幸而免了出丑。

来了半年,青年A对于周围环境稍稍熟悉,看了一些书,认识了一些人,听到了一些书中没有的奇事。他一无所成,什么也没有学会。对他的学习有过指点的只有给他讲过英文和世界语的两位"家庭大学"的教师。

寒冬之中他又有了可以算做老师的关心他的学习的人。这人是广东人,也是个世界语者,因此得以认识。他姓杨,自己照广东音拼成"杨克",青年A便称他为"杨克同志"。以后他从世界语翻译过《柴门霍甫传》,巴金给他出版。

杨克来北平,说是为了准备去法国。他的私人事情,青年A从未问过,只听他常用世界语说:"我那些坏朋友啊!我离不开他们,可是他们和学问是不沾边的。"他也住在一家公寓里,天天说"要走了",却一直住在那里。哪天能去法国,也没有确定。青年A每去见他,他必邀去市场吃饭,他却又直嚷自己是"一文不名"。

"我介绍你去认识另一位世界语者。他还在上大学,快毕业了。他是谁,以后再告诉你。"有一次杨克这样对青年A说;随即雇了两辆人力车,一同去天主教会办的辅仁大学。

这是一所新式楼房，又加上飞檐和琉璃瓦，好像一个外国人穿西服戴瓜皮帽。进门上台阶，俨然有教堂的派头。门口也无阻拦，传达室只告诉去宿舍怎么走。这宿舍可比师大的强多了。高大洁白而且外有走廊。

找的这位世界语同志姓名西化后拼起来成为"吴山"，于是青年A称他为"吴山同志"。他有不止一个姓名。

杨克介绍见面后，三人先用世界语讲了几句寒暄话，接着便谈起他的学校，改用中国话。

"这里不招收女生，所以叫做'辅仁寺'。你们看像不像一座大庙，实在是个修道院。"

青年A想这次可有机会了解教会大学了。知道吴山是念英文系，便问是不是外国人教，只讲英文。

"是的，尽念老古董。天主教是讲究背诵的，不要有什么新意见，只要证明万世长存的不变真理。一切无非是不变的变化。新事物证明旧道理。《圣经·传道书》中早已说了：'日光之下并无新事。'这就是我们要学的。听说天主教办的教英文、法文的圣心女学里，'嬷嬷'（女教士）连历史、地理什么都要求学生背熟，不管懂不懂。问题是提不得的。"

"学英文不用中文吧？"

"当然。这对我倒方便。用英文再用中文，我就更为难了。可是我们的系主任这位老先生却不同。他讲英国文学史用中国话讲，却要求学生用英文记笔记。这是当场翻译。他还不时要查笔记，一一阅后签名。我听中文还可以，再要写成英文，多一道手续。别的课用英文讲，用英文记，没有什么困难。"

青年 A 听了有点疑问。当场翻译是困难，但他的口气是英文不难中文难，这是怎么回事？吴山讲这些话是中文和世界语夹杂的。世界语说得很清楚，不会听错。夹的几个英文字也容易懂。可是中国北方话讲得比那个广东人杨克还差，听不出是什么地方人。他说家在上海，却没有上海口音。

吴山请他们吃水果，亲自削苹果。临分别时很热情地欢迎他们常去，说他已快毕业，要写英文论文，不上什么课，到宿舍去找他多半不会扑空。最后补上一句："我在这里一个朋友也没有啊！"这句话是用世界语讲的。

离开"辅仁寺"后，杨克又请 A 去吃饭。A 便提出自己的疑问，又问是不是听错了。

杨克笑了笑说："我先没有告诉你，现在可以讲了。他不是中国人，是朝鲜人。是一位著名烈士的后代吧？我怕你先知道了，谈话不方便，所以没告诉。他全家是隐姓埋名住在中国的。这里有不少他的同乡，却同他家不是一路人；所以他在学校里外都只算中国上海人。"杨克没有说明自己怎么会知道的，A也没有问，不过在心中对这两位的评价大大提高了。这决不是杨克说的"坏朋友"，而是好朋友。他介绍时用的正是这个词。

下次又见面时，青年A见他们两位都说北方普通话不流利，便先问杨克是用什么语言思想。

"广东话。"杨克大笑。

"你讲北方话和讲世界语哪样容易些？"

"一个样。"

"你呢？"又问吴山。

"讲世界语容易些。"吴山认为杨克早已对A说明底细了。

"那么我建议我们改讲世界语，这对我们都是一样的外国话。讲北方话只有我还凑合，讲世界语只有我感困难，应当少数服从多数。民主原则。"

"同意。"杨克和吴山齐声说。大家都笑了。

从此他们便成了只互相说世界语的世界语者。连杨克和A见面也多半只讲世界语。在饭馆里，在街上，在公寓，都一样。本来A和张、蔡等世界语同志说过几句，所以提议，作为练习；不料讲来讲去讲得油嘴滑舌，连开玩笑都用世界语了。有些话用中文不便出口的，用世界语倒能讲出来。

用世界语讲的话有时好比用古文的典故、成语，表达和暗示更加方便。不管说得对不对，好不好，反正对谁也不是本国话。说错了不要紧，每人都有错。这可比讲别的外国话有利多了。

渐渐地，他们很熟了。虽不常见，见面就谈个不休。青年A这时慢慢明白，世界语原来是有个理想的。有共同理想的同志和单是讲一种理想语言的同志是不同的。仅仅把语言作为一种工具或手段的又不一样。三人一见如故是杨克认为有共同的理想。这是什么，谁也没说出来。究竟是不是思想上有共同之处，并未讨论过，好像是"心照不宣"，不需要商标、招牌的。

青年A从此又明白了，无论中文、外文、古文、白话都是语言工具；然而用某一工具又和用另一工具有区别，有点像斧头和锯子。他自以为懂了为什么有的古诗译不成白话，外国诗译不成中国诗。不是译不出来，是译出来总不一样。不过对这一点怎么做科学解释，他还不知道。他们谈过柴门霍甫译《哈姆莱特》中名句时为什么把"这就是问题"改成"就这样站着问题"。不是为凑音节，而是因为英文后面这个动词变了形态，和前面那两个不同，而世界语的动词词干不变形，若照用便成为三个同形的词了。这一改，反而生动了。可是英文又不能照这样说。杨克还举个例子说，有两人用法文谈话。当讨论到进化论问题时，一人忽然声明要改用英文，因为他研究这一方面用的是英文，如用法文谈还得心中无形译一遍，不如用英文直接。可见各种语言不是简单的对等的工具。广东话和北京话也是这样。也许这是世界语者的偏见。

有一次天阴欲雪，青年 A 去杨克的公寓。

"你这样不行。这里室内室外温度差别很大，你出来进去都是一件棉袍，没有大衣所以你咳嗽不止。我这里有人送我一件新毛衣，我用不着，送你穿吧。这是纯羊毛的，很暖和。这样，你就可以把棉袍子当大衣，进门脱去，出门再穿上了。"他拿出一件很厚的白色带高领的毛衣，并让他脱了袍子穿上试试。

"我家里寄来一件皮袍子，太重，我不大穿。"

"那不一样。无论穿什么袍子，你里面那件毛衣又薄，又不是新的，进门脱去袍子还是冷。这件大些，可以套在那件外面，是可以当外衣的。有两件毛衣，在屋里可以不穿袍子了。这毛衣是我那些'坏朋友'送我的。'坏朋友'也可以有好朋友的作用。你看我身上这件毛衣，比它还好。我用不着它，你拿去吧。不是把不要的送你，是把新的送你。"

青年 A 已经知道杨克的为人，便收下了。这对他第一次度过北方的寒冬有了帮助，也许对他的咳嗽减轻起了好作用。至于那件皮袍子，到春天，他送去当铺里比他还高的柜台上，当了三块钱。过了不到一年，要四块多钱才能赎出来。他没钱赎，当"死"了。

又一次杨克对他说：

"这回我真的快走了。对你想讲一句临别赠言。你要确定学一样什么。总要有专门；不能总是什么都学，没有专攻。至于做什么，我看你做什么都好，学什么都可以学好，只是要学一样。现在若一定要我讲意见，我看你可以先当著作家，这是不用资格只凭本领的。当一个著作家吧。在中国也许不能够吃饭，但也算是一门不成职业的职业，自由职业。我比你大几岁，阅历多些，希望你考虑我的话。"杨克说得很诚恳。

"那我专学什么呢？"

"学什么都行，只要专学一样，然后再及其他。你知道，拼盘不能算大菜啊！"

青年 A 很感谢他。他知道自己小时候见到过什么"一事不知，儒者之耻"；什么"读天下书未遍，不敢妄下只字"；什么"书有未曾经我读，事无不可对人言"等等古代书少时的文人狂言；又因为不曾正规读书应考，不知"考试必读"，所以养成胡乱看书的习惯。此时也不知道到底

清清泠泠便濯濯荡荡，里一瓢唯自得，心旷默游无

辛卯冬书

人寿未满八十五七七集

金克木墨迹

学什么好。他对什么都有兴趣，不知哪里来的那股好奇心。真正要办事，却一点本领也没有了。他始终没有能"专"，辜负了杨克的好心劝告。

有一天青年A看见杨克在看印刷校样，才知他是世界语老前辈黄尊生教授的学生。黄将自己研究"中国问题"的著作自费付印，杨克替他找印刷厂并看校样。黄的独子当时在北平上中学，也托杨克照应。

杨克和吴山都离开了北平。杨克去了法国几年，回国后在广州几年便病故了。吴山在香港还和青年A会见过。他曾为宣传中国抗日战争的世界语刊物《远东使者》出力。他还曾找A去和秘密过境的一个日本世界语者见面。因为那位女同志坚持要上街看看。他们两人都是冒牌中国人，广东话又不行；香港虽属英国，但仍有些日本人在那里也充中国人；所以找A这个地道中国人带路，尽管他的广东话也讲不了几句。日本的这位勇敢的反侵略战争的女同志年纪不大，个子不高，态度文雅，勇气十足。三人同行，三个国籍，用世界语交谈。在街上买荔枝时只好由地道中国人A出面打交道。这位女同志的世界语名字是"绿色的五月"，汉字名字是绿川英子，日本名字是当时不能说出来的。

"平生风义兼师友。"这是李商隐《哭刘蕡》的诗句。

"刘蕡下第，我辈登科"。"雍齿且侯，吾属何患。"这是一副现成的集句对，表达文、武两行的人的两种心理状态。这些是不是中国独有而外国所无的呢？青年A常常想到这个问题。

游学生涯

1929年春天,凤阳的两所省立中学开学了。一个是女子第三中学,一个是男子第五中学。这个五中原是第五师范,新改为高中,招了一个高中班;但是学校还是师范的旧章程,绝大部分是师范生,不收学费,连宿费、膳费都免了。所以"师范"遭人戏谑,讹称为"吃饭"。念师范毕业去当小学教员的大都是些穷学生,但也不尽然。因为周围几县只有这一所省立的男子高级中等学校,所以不想当教员又无力去远处的学生也来这里上高中程度的师范。

各县学生陆续到校。

那位当了半年小学教员的青年A得到哥哥给的二十元,也随着同乡学生来到凤阳。春季并不招考。先来入学,秋季再考得学籍的不止他一个,好在是食宿上课全不花钱。

他的小同乡在这里为数不多,势力却不小。不用问籍贯,听口音就知道。他们把他安插在宿舍二层楼的楼上一间屋子里,住的全是小同乡,清一色,绝对无人查问学籍。

室内八张双层床,中间靠窗户摆两张小条桌拼起来,上面放一把水壶,几个杯子。一把椅子也没有,只能坐在床上。空地里连本室的十六个人全站着也容不下,所以室内活动都在床上。书籍放在床头,箱子放床下和门后的一个角落里。青年A被安排在靠窗户的上铺,下铺是个姓张的,年纪稍大,是学生会的委员或干事。门口这边下铺上是一个姓李的,也是来先上学后考学籍的。全室十六个人中有十四个是有学籍的学生。

他到校后随大家去食堂吃饭,也很简单。大屋子里摆好了一个个方桌。凳子不全。碗筷自备。馒头、米饭自己取。凑够一桌,就有人去端菜和汤,无非是青菜、豆腐之类。炊事人员只管做好菜和饭,放在一处,由学生自己动手取。没有管理人员。饭菜吃完不补充,剩下的由炊事人员处理。有些学生有钱,常在外边吃。

食宿都是学生自己管自己,既不争吵,也不排队。因为盛饭菜的桶和大盆很多,而且学生中自然有个排列组合,比如亲密的小同乡或同班就在一起互相照应。宿舍中每室有个所谓室长,也是有名无实,大家遵守的是习惯法。

例如第一天晚上,大家都回屋上了自己的床。一盏半明半暗的电灯亮了。有人大声说:

"我们该选一个室长了。"

立刻有人说：

"那容易。我提议选'小妹妹'。"

全室一阵哄堂大笑，只除了那个"小妹妹"一人。那就是被安置在门口的姓李的。他长得一点不像女的，但因为只有十七岁，个子小，有点腼腆，有人开玩笑时他脸上有点红，于是说他像个"小妹妹"。他脸更红了。本室学生和室外一部分小同乡就知道有个"小妹妹"了。

使青年A惊异的还是宿舍里的歌声。

"起来！饥寒交迫的奴隶！"

"旧世界打它个落花流水！奴隶们！起来！起来！"

这是零零碎碎的《国际歌》，当时是犯禁的。

"走上前去啊！曙光在前，同志们奋斗！"

这是《少年国际歌》或《少年先锋队歌》，当时也是犯禁的。

革命歌的零散句子此起彼伏，没有人管。有时革命歌声停了，竟出现另一些歌句：

"毛毛雨下个不停，微微风吹个不停，微风细雨柳青青。"

这是黎锦晖作并由他的女儿黎明晖唱得流行起来的《毛毛雨》，当时又是犯禁的，至少是犯忌讳的。

宿舍里有的是大声谈笑和这一类的东一句西一句的犯

禁歌曲。几乎没有什么人念课本、做练习,好像也不见有什么人准备考试。要读书只有跑到外面去。

当然课还是要上的,不过也有各种上法。

有一次青年A在院中遇上了一位同乡,手里拿着一本很厚的洋装书。问他去上什么课,回答是"大代数"。青年A自己只学过翻译的《查理斯密小代数学》,却没有学过大代数,佩服得很,却不敢跟他去上,怕听不懂。那时高中是文理分科的。

他敢去上的课是"国文"。听说新校长请到了一位名人,是学者兼作家;本是教大学的,好不容易凭校长的面子才请了来。于是他跟着同乡去上这位名人的第一堂课。到教室后才弄清楚了教师的名字。他想起这确实是在《小说月报》上发表过什么小说的,不过内容忘了。

教师上堂,带来一叠油印讲义发给学生。他也得了一份;一看题目和作者,呆了。

《普罗文学之文献》。作者署名"知白"。

当时无产阶级这个词是犯忌讳的,所以上海的左翼刊物改用译音"普罗列塔利亚特",又因为太长,简称"普罗"。这位教师怎么敢讲无产阶级文学?

教师开口了:

"这篇文章是从天津《大公报》上选来的。《大公报》

里我有很多朋友，这位'知白'还不知道是哪一位的笔名。上海的文坛……"

接着他就自我介绍如何熟悉文坛，如何古今兼通，又能研究，又会创作，等等；却一个字也没有论普罗文学。本来这篇资料性的文章也没有什么好讲的。显然是这位教师听说学生中革命的居多，所以用"普罗"来使学生摸不清他的底细而肃然起敬。

不料他吹嘘了半堂课，学生并未敬服。当他讲得口干，稍一停顿时，一个年纪大些的学生站起来提问题：

"请问先生对待普罗文学是什么态度？是赞成？是反对？为什么赞成？为什么反对？还有，既然讲到普罗文学，那就请先生讲一讲对郭沫若的评价。讲到文坛，请先生讲本题，讲讲鲁迅和《小说月报》主编沈雁冰。"

教师没有想到会立刻短兵相接。郭沫若当时因为曾经写过《请看今日之蒋介石》而被通缉，流亡到日本，怎么好在课堂上评论呢？他灵机一动，支支吾吾地说：

"提到《小说月报》，那是现在最好的文学刊物。它现在的主编郑振铎先生是我的好朋友。我们是研究中国戏曲的同行……"

"请先生直接答复问题。否则就把讲义上列的这些文献一篇一篇评介一番。"

学生寸步不让，明明是有意使先生难堪。有的学生已经在窃笑。

教师掏出手帕擦汗。他很想教训学生一顿，可是又胆怯。听到摇铃下课，如逢大赦，夹起皮包便走。他一出门，教室里笑开了。有个人故意大声说：

"像这样一月两百块钱，老头子我也会拿。"

大概这位名人从来不曾受过这样奇耻大辱，第二天就贴出病假条子。以后据说是要辞职，经校长和教务主任再三挽留，学校对学生作了"疏通"工作，才继续教课。不过不再讲"普罗"了，拿出他的看家本领，讲戏曲。他又讲故事，又讲乐曲，还会敲桌子代替打板，表演曲牌唱法，只除没有把卧室里的箫拿来在课堂上吹了。这样才平静了下来。不是他班上的旁听生也不去了。

那个和教师为难的学生是青年 A 的同乡。那次课后问他为什么要那样，他答复：

"你不知道新校长和带来的人都是国家主义派？他们请来的人有什么好的，还配讲普罗文学？当然要给他一个下马威。"

原来是政治斗争。

还有一次"党义"课，也问得教员面红耳赤不得下台。学生提一些关于孙中山、三民主义、五权宪法的刁钻古怪问题，使那位穿西装戴眼镜的教员很难堪。

"这是个吃党饭的党棍子，必须杀下他的威风。国民党、国家主义派，都是反共的反革命，不能让他们霸占五中。"说这话的是学生会的宣传部长。他讲话像放爆竹一样，一说就是一大串，快极了。他的舌剑唇枪无人敢挡。

没有什么课好上，青年A便随着几个人去游逛朱元璋的祖坟，叫"皇陵"。看到一些石人、石马，才算确切知道"翁仲"是什么样。有的人便唱起"石头人招亲"的戏文。他们在所谓"皇陵"的大土堆上践踏了几脚。四面看看是一片平地，什么出皇帝的"龙穴"等风水先生的话全是胡说。

有一天他去问一位同乡，怎样准备暑假中的入学考试。得到的回答是：

"你不知道现在是两个革命高潮之间的低潮？全国性的革命随时就会到来，你还准备考试？"

可是从另一方面他听到的却又不一样。他交了密写的介绍信以后，有天晚上来了个姓毛的找他，也是个十七岁的少年。两人一同到操场上一个角落的阴影里。那里有个年纪稍大的姓郑的在等他们。三人成立了一个小组。郑是小组长，是学生会的委员。他着重说明了几点。首先是新来的不能暴露自己。"学生会、学联会是我们掌握的，但不都是自己人。已经暴露的继续露面，新来的人要隐蔽。"

他说目前不是行动的时机。国民党县党部力量不大。新来的县长是个反动头子，他和国家主义派互相利用。这三股反动势力都是外来的，没有地方势力基础，正想对五中的学生开刀，向上报功。要先观察了解反动派的行动，听从指示，不许自作主张。

"那为什么有些人大唱革命歌，公开骂教员？"

"高喊革命口号的不一定都是革命党。"毛说。他毕竟是早来了半年。

郑是暴露了的，所以另两人要对他疏远。三个人分属三县，不能以同乡为名相接近。两个年纪差不多的可以来往，但也不能过于亲密。

"过于亲密了，又会引起闲话。"毛说。

青年A只知道学联会有男女两校学生在一起开会，有人说那是恋爱场，不知两个男学生亲密会有什么闲话。他后来问过毛。毛说："你观察一下那个'小兄弟'姓刘的就知道了。"这个孩子长得很漂亮，有点像女的，态度又温和，许多年纪大些的都叫他"小兄弟"，拿他开玩笑。原来这种玩笑是开不得的。本来刘和他两人年纪相仿，已经认识，这以后也疏远了。

他和刘认识是刘拉他去上音乐课。因为是师范学校，培养教员，所以小学里所有的课都得会教。有一间音乐教室，里面有一台大风琴。音乐教师散发的油印歌曲上面有五线谱和简谱。但是学生不想学。有人要求教唱《国际歌》。教师伸了伸舌头。又有人要求教小曲、小调。教师也摇头。达成的协议是正规的曲谱和歌要教，但是另外还教唱戏。这位教师是个全才，既会弹风琴，又会拉胡琴；既能唱西洋歌，又会唱京戏。教师不但讲五线谱，还讲工尺谱，都用简谱注出，说只有五线谱是国际通用的"正谱"。他的教法也特别，不拉胡琴，因为怕被学校当局认为教唱戏，只在课外自拉自唱给学生听。堂上仍用风琴，按出京戏曲调。

这一天正是教京戏。上课了。教员兴冲冲地走进教室，在黑板上写下"刀劈三关"四个大字。教戏不合法，不能发油印讲义。他写了题目也不说戏，坐在大风琴前就自弹自唱曲谱，不是工尺上四合，而是"12345"。唱完过门，他一面弹琴，一面唱出戏词：

"刀劈三关威名大，只杀得胡儿心胆怕。"

这两句连前面过门教了整整一堂课。板眼总唱不对。黑板上写出简谱也不行。也不知是什么戏。

因为是师范，所以有个附属小学。师范毕业以前，学生必须到小学去教各门功课实习。小学的设备不错。也有学生会，跟着中学生活动。青年 A 去周游了一遍，觉得比他教过的小学真是一在天上，一在地下。

他闯过的生活第一关是那架高层床。爬上去得先上桌子。头一晚就几乎掉下来。据睡在他脚那一边的另一上铺的学生说，一夜都紧紧揪住他的脚不放，只怕他滚下去。睡在下铺的张问他要不要换。他不肯，把些书砌成床边的墙，要掉下来会先撞下书，惊醒张，而且床边是靠窗的桌子，掉下来也在桌上，估计摔不坏。过了些时终于习惯了高高在上，俯视全屋。

不知不觉过去了大半个学期。学联会不服从国民党县党部的领导，学生会不遵守学校当局的管制。矛盾越来越深刻，冲突越来越多。

有一个学生在食堂里拿起水瓢就从缸里舀冷水喝。恰巧教务主任来巡视，看见了，说他不讲卫生。那个学生回答："不懂什么叫卫生，不管那一套。"教员说他没有礼貌，破坏学校秩序。他不服。随后他高声唱："旧世界打它个落花流水！"把教务主任气跑了。这个学生是没有学籍的，不怕开除，而且不属于革命组织，学生会对他也没有办法。学校当局却认为这些"捣乱学生"都是学生会指使的。

被认为跟着校长跑的属于国家主义派的学生简直抬不起头来。埋头上课的学生好像是置身事外。于是暴露的越发暴露，隐蔽的也孤立无援。暴风雨来临是必然的，可又显得突然。这却不是大家所期待的革命暴风雨。

一天夜里，青年 A 忽然被不知什么声音惊醒了。他略睁睡眼，朦胧中好像有些睡上铺的同学坐了起来，对面下铺上也有人起身，外面走廊上有些脚步声夹着轻轻的人声。他伸头望望身下的下铺，张的头还缩在被里。室内没有一个人出声。仿佛大家都惊呆了，知道不是好事。

门开了半扇，伸进来一个头和一只手，手电筒的亮光在屋里每个铺上照了一遍，转回去对着门边的下铺低低说了一句什么话。

那是"小妹妹"的床。只见他匆匆起身，穿上衣裳，被外面的人一把拉了出去。

门始终没全开，也没关，已可看到走廊上的人数不少。有说话的声音，但听不清什么话。

一阵杂乱的脚步声从走廊上过去，大概人都下楼走了。全楼静悄悄的。

谁也无法再睡了，都穿衣起床，但都不说话。

有的人明白，有的人还糊涂。

青年 A 想下床去，下面的张忽然站了起来，在他耳边轻轻说：

"有人出去，你再跟出去，看走廊上和院子里有什么动静，马上告诉我。"

又补了一句："看还有没有军队、警察。"

"小妹妹"抓走了。估计是情报不准，或则是传说学生要暴动，警察见已有人起床，也有点慌，不敢进屋，把要抓的靠里边尽头的张换成了靠外一头的李，真是"张冠李戴"。

天色已经蒙蒙亮，外面又有了声音，屋里有人开门出去。青年A连忙跟到走廊上。

走廊上已有不少人，三三两两低声议论。院子里空荡荡的。楼下的人也是在走廊上。看来是军警捕了人已经撤走了。他回屋向张低声报告。张迟疑了一下，下了决心，对他说：

"你不要紧。留下。我的行李会有同乡来取。没人来，你替我带着，总会有联系的。"

说完他戴上帽子出去了。

现在已经不是两年前那样可以在城市里公开大屠杀了。各地暴动虽不成功却也使反动派"草木皆兵"。逮捕搜查往往是偷偷摸摸，不敢大张旗鼓。在这小县城里，没有地方势力支持，反动派想公然派大批军警抓他们的子弟也不能没有顾虑。

青年A随大家走到院子里。学校布告栏前面围了很多人。他挤上去一看，大吃一惊。

一张布告宣布开除二十几人学籍，所有学联会、学生会的主要人物都在内；其中有张，但没有李，因为他没有学籍，明显是抓错了。

另一张布告宣布："本校自即日起停课，全体学生限三日内离校，听候通知。"

郑也在开除名单中，但不知抓了没有。毛不在内。满院子是人，却没有他。

事情来得突然，什么抗议、示威、罢课都没有。来不及了。

事后才知道，抓了二十一个学生，立即送上火车解往省城了。捕人又封闭学校是瞒不住的。这件新闻登了报，许多家长托人打电报去保。当地也有绅士藉此和县党部为难。校长、县长也不敢在大众前露面。他们没预料到事情闹得这样大。有不少学生的家长是很不好惹的，正好利用这个事件进行争权斗争。他们不管自己的子弟是否被捕，宣称无证据捕学生是非法，而且无故封闭学校至少是当局无能兼处理不当，甚至是别有用心。被捕学生解到省里，斗争矛头一直指到省级。

女三中只开除了几个学联会和学生会的负责人，没有捕人和停课，大概因为是女校，怕出别的事，而且校长是原来的，不像五中校长是外地新来的国家主义派那样冒失。

那时国民党的特务网还没有处处张开，情报不灵，只是照学生会名单抓。后来听说,学生会主席等人先被捕聚在一起有点着急;一见那位宣传部长也抓来了,稍宽些心,再看到"小妹妹"也抓来,便猜出不是叛徒出卖了。

事件扩大了收不下来。五中的校长等人也走了,不知是免职还是辞职。一把火连自己的屁股也烧了,不过当然还有好职位等着他们。县长后来也走了,但还是升了官,直到对日抗战时他还是国民党政府教育部的什么专员,还带着夫人被派驻海外。不到一年,后来同吉鸿昌一起在察哈尔抗日的方振武当了短期的省主席。

他是本省人,将这些被捕学生都宣布"无罪释放"了。

学校关门,同学四散,青年A怎么办呢?

小同乡一天之内就走了不少,约他同行,他不肯,还要找到毛。终于在街上遇见了。原来毛一早就离校没有回校。毛告诉他,郑已经被捕,他正在想法找人联系,要等消息。但是学校三天就停伙,也不能住了,到哪里去呢?

忽然在一条巷子里望见一个小同乡廖,对他使了个眼色回头便走。他紧跟上去,进了一所小院子。只见还有个小同乡蔡也在那里。他二人都是学生会的,漏出了网,找到先认识的一位老太太,租了间房暂住,只苦于没有消息。

"你还没有走,很好,搬来住。你可以常在外面走走,听听消息来告诉我们。我们俩还不便出去,怕碰上坏人。"

他回到校内只见许多学生纷纷带行李走。以前说是国家主义派的学生也并不兴高采烈,倒像有点垂头丧气,也是扛行李回家。究竟他们是不是和校长一起的反动派,看来也未必。

第三天他又去学校吃饭时,全校差不多空了。不料遇上那位"小兄弟"刘。刘一见他,很高兴,说:

"你还没有走。正好,我们出去谈谈。"

两人一同到了一处僻静地方,在一棵大树下席地而坐,像是临时的结义兄弟。

刘告诉他,毛已经回家去了,要他转告大家都回家。刘准备这天搭车回家。他很想有人和他谈心,留住A谈了不少话,并不都是闲谈。

"你那些同乡都不好,不怀好意。看起来对我好,都是假亲热,想占便宜,拿我开心。"

刘说这几句话时,雪白的脸颊上微微泛起了一点红晕,果然是长得像女的,甚至超过女的。

"都叫我兄弟,谁是真像哥哥?他们这样一闹,旁人都看不起我了。念书也不能好好念。这下好,学校封了门,大家念不成了。"停一下又接着说:"只有你没有像他们那样对待我,也没有看不起我。你是……"刘忽然看出谈话的对手的脸上有点红,大惑不解,马上改口:"你怎么啦？你也是同你那些同乡一样吗？我看错人了吗？"

"你讲的什么话，我都不大明白。我觉得我没有对你怎么样，也没同你谈过多少话，只是把你看成和我一样的小同学。我是觉得他们对你那样张嘴闭嘴小兄弟，瞎亲热，不大好。他们对我，对别的小同学，也没有那样，是有点像欺负你。"他脸红是因为想到因毛的警告而疏远刘，但没有告诉他。

刘的疑心解开了，笑了笑，又说：

"你好像比我还大些，可是知道的事不准比我多。我从你那些同乡听到了不少胡话。真讨厌。好，现在我有正事同你讲。你下学期怎么样？还来这里上学吗？这学校太坏了。"

刘慢慢说明，自己的家里怕他年幼吃亏，又没有可靠的同乡学生可托；连到凤阳来，这样近，都不放心。刘一心一意想去南京上中学，既无熟人，又没有同伴。假如他们两人一起去考学，可能说服家里。

两人出外上学都有家里的问题，只是性质不一样。于是谈得投契。

谈谈停停，有时对望着默不作声。刘眼里有时放着光，明显是心里想考验对方是否可靠。对方却只想着哥哥会不会给他钱到外地上中学。论心思，那个貌似女子的比这个貌似大些的反而多些。

"你同你那些同乡不一样,跟这里大大小小同学也不一样。不知为什么你总好像有点特别。没有人能像你那样给那个宣传部长那一下子。不是说别人不如你聪明。聪明人也不肯像你那样说话。就是那一次,我对你才有些佩服。后来想找你多谈谈,你总好像有点躲着我。我以为你是怕那些同乡,却又不像。你好像有时聪明,有时笨得出奇。"刘笑了,想看对方会不会生气。

刘说的那件事实际是他做得很冒失,事后自己还很后悔。

有一天那位聪明能干,发言滔滔不绝,从不让人一分的学生会宣传部长来到青年A住的那间宿舍里,发表长篇大论。不少人洗耳恭听。可有个不识时务的问了一句:

"那个国文教员自夸是吴梅的学生。吴梅是什么人?"

"北京大学教授,是蔡元培请去第一个讲戏曲的名教授。你连这都不知道。他的名著叫《顾曲麈谈》。"

"不是'麈谈',不是从鹿从土的麈字(尘字繁体),是从鹿从主,念'主'。"青年A在旁不由得加以纠正,因为他从小学国文教员那里借这本书看过。不料这一下子触怒了宣传部长。

"喝!真有学问!真不愧是'半截圣人'。"

座中有人笑,有些人,包括A,还没有反应过来。

"怎么你张嘴骂人?也不看看这是个小孩子?"有位同乡打抱不平。

A立刻明白过来,不禁怒从心上起,脱口回敬一句:

"对!你我都是'半截圣人';可我是上半截,你是下半截。"

全场哄堂大笑。("圣"字繁体的下半平常写作"王"字。)

宣传部长一怒而起,突破门前的人群而出,头也不回。大概他从不曾遭遇过这样的回击。当然此后也不再来,不再理这个小孩子和那打抱不平的同乡了。

刘指的就是这件事。A却并未注意刘也在座中。他一听刘提起,想说别提了,可是没有说出口,对刘的评论没听进去。两人沉默了一会,各想各的。

"我想学打拳,可以防身,免得受人欺负。"刘忽然说出这句话。他是看对方瘦弱,也许还需要自己保护他。

"我照着一本小书学过'潭腿',不过没有学全,也不知学得对不对。这是基础。"

"你还学拳?看你瘦得皮包骨了。"刘笑着说。

"你不知道,拳分内家、外家。外家讲外表,内家讲内功,越是样子弱,越是功力深。"他想卖弄自己的武术知识，便讲了一个吴大屠夫学艺的故事。这是他从"不肖生"的《近代侠义英雄传》里看来的。

"你还会讲故事？"

"三天三夜讲不完。"

"那好，我以后和你同学，同住一起，你天天讲给我听。"

青年Ａ有点得意，自觉有了豪杰气概，似乎对面是个女的，他要有一团正气，行侠仗义。

刘见他两眼放光，以为又会有什么事；又见他的模样像小孩子装大人，有点好笑。随着他就看出了对方是个稚气未褪的少年，确实和别的大同学不同，感到有点欣慰，又不知怎么还好像带有一点失望。他自己也不知道是怎么回事。

"好吧。等暑假中你来考学时，我同家里讲好，也提前来，然后一同去南京。路上经我家去让我家里人见见，好放心。让他们看看你这个有内功的拳术家，好不好？就这样，一言为定。"

Ａ忽想起住处还有人等着他，便匆匆答应，两人分手。那时不时兴握手，鞠躬又过于正式，作揖当然太过时了。相对微笑，点点头，就是互相告别。一笑之中彼此又一次觉得对方脸上有点红晕，不知是否幻觉。这红晕的原因大概彼此不同，不过也可能有共同之处，谁知道？

A回到住处，说了刘转达毛的话，大家彼此对望了一眼，都有些明白，但都没有说。都明白毛的身份。纪律是不许发生横的关系。A没有讲和刘谈话的其他内容，他想刘说的那些同乡可能也包括这两位。

"我们马上准备走路。"两人做出了决定。可是A还有点踌躇。他不想早回家，又不便一个人住。这时恰好来了一个同乡程，他也不想回去受家庭拘束，于是搬来和A两人又同住了几天。

A又去学校，没有人了。刘果然回家了。从此他们没有再通消息，彼此也不知地址。刘如果是真心相约，那就可能一辈子都骂他不守信用，同别人一样是个不可靠的人。然而这能怪他吗？这个不白之冤怕只有到另一个世界里才得平反了。

A和程住了几天后也不得不回去，因为他这时比不得在学校，要花钱吃饭。尽管程有钱，也不能尽花别人的。再住下去，连路费都没有了。程只好同他一起走。

两人乘一条小船快到程家时已经是黑夜了，岸上忽然响起枪声。程立刻到船头去，大声喊：

"什么人？有什么事找程三爷去讲，他是我三叔。"

枪不响了。岸上隐隐有几条黑影退去。

青年 A 回家后，在暑假中得到通知，要去 F 县找民众教育馆吴馆长。那边急需人去工作。他去了以后被安排在齐王庙小学教书，在这个地方整整度过了一年。他和刘的约会同上学的事还没来得及讲出来就夭折了。他心里觉得对不起人，长时期不能忘记刘的那有白有红的脸庞和又天真又懂事的神态。这话却无法对人说，因为他现在懂得了，说这类小孩子心里话会引起大人嘲笑的。

这一年也并未虚过。同事中有三个大学生，分别是上海大学、中山大学、武昌政治干部学校的学生，都受过1926-1927年的洗礼。三个人除讲不少见闻给他听外，还一致鼓吹他出门上大学，而且确定要去北平（北京）。因为一则那里有许多著名大学，二则生活费用便宜；照他们的说法那里花钱吃住简直像在这小地方一样。其实他们并未去过。

生活戏剧还得照旧演下去，但是场景和登场人物要大大改变了。

人苦不自知

近来耳目日益不灵,看书报如在雾中,听谈话经常打岔。有人拿来一本"鸳鸯蝴蝶派"作品的选本给我看,使我大吃一惊。什么是"鸳鸯蝴蝶派"?不是早已随着"桐城谬种"和"选学妖孽"一同不知去向了吗?旧帽子怎么翻新了?言情、社会、武侠、侦探,大约一直到张恨水,甚至林语堂,都加入了这一派。如此声势浩大的文学流派而我竟然不知,可见糊涂。

我不知眼前,倒记得过去。该记的记不住,该忘的又忘不掉。回想初入小学时,家中读过的"国文"在学校中忽然变成了"国语"。过几年,看到了《新青年》合订本,厚厚的几册,才知道欧洲大战爆发后,中国发生了新文化。"曳四十二'生的'之大炮为之前驱"的就是这《新青年》。从文言转入白话的也是这份杂志。从"不谈政治"到大谈政治的也是它。小孩子爱追踪,不料再追下去,它成为共产党的理论刊物,进入地下了。从此以后,我对"孔家店"

的种种货色以及《礼拜六》《紫罗兰》《红玫瑰》直到旧戏曲全避而远之。但对外来语"德先生、赛先生"和"布尔什维主义"并不明白。长大了，才知道从一九一五到一九二一年的中国文化大变化的中心是一九一九年五月四日北京学生游行反对巴黎和会及北洋政府，即五四运动。这历时几年的巨浪由语言而文学而道德而政治，由小而大，由隐而显，统称为新文化运动。从此我才认识了"文化"这个词，可惜只知道它包罗了这么多，却不知怎么给它作"界说"。

"五四"现满七十岁，又该做寿了。中国人好做寿，尤其是整岁生日更不能放过。必得大收寿礼，大开寿宴，热热闹闹庆祝一番。庆的不是生日那一天，也不是出生时如何红光照室，第一声啼哭如何洪亮。只有九斤老太记得自己生下时的重量去和不肖子孙比。作寿序的也不大讲出生的光辉，而是讲寿星做过和未做过的好事，说过和未说过的好话。不过，阔人才做寿。穷苦受难的，如犹太人约伯倒霉时，就会诅咒自己的生日。照中国说法就是生的八字不好，冲撞了什么星宿。

"五四"好像只是个符号，起先算做新文化运动，包括前后几年。后来又定为青年运动，突出了政治。不知何时把不是那一天请来的外宾德、赛两先生当做扛大旗的，

"五四"又成为民主与科学的代号。实际上这两位早就来了。《新青年》不过正式发了一次请帖。德先生来要立宪,要共和。赛先生来要富,要强。修铁路,兴工业,办大学,中国人和外国人各为本身目的忙了几十年,都不怎么灵验。中国又穷又弱还要拼命打架,好像得了病。外来的大夫好治病。药方很多,一个一个试。开刀切除,又泻,又补。越着急,病越好得慢,不断反复。索性"凤凰涅槃",一把火烧掉,从头再来。但"涅槃"本来是"寂灭"。火中凤凰是诗人的想象,怎么能当真照办呢?断肢可以再植。全部内脏都换新的只怕办不到。从一八四〇年鸦片战争闹到一九四九年新中国成立。富了,强了,可是开门一比,还得赶超别人,还得开药方。药方不难找,一查《验方新编》就有。可是脉案难开。药不对症不灵。对症了,人的体质又不同。胖子一泻,好了。瘦子一泻,坏了。七十年以至一百多年以来,《皇朝经世文编》《富强斋丛书》《新民丛报》《民报》《新青年》都是病急乱投医,下药不辨症,又想服一味药就见效,包医百病,药到病除。可惜仙丹难得,所以时灵时不灵。

做寿也是查历史。专查好的,说恭维话,专查坏的,一棍打死,都有危险。从历史公式推演事实,不如从历史事实归纳公式。先定好歹再找事实,不如先弄清事实再分好歹。人讲历史不免动感情，也有观察角度即立场，但事实还是可以查清的。热情可以由冷静理智约束并指导。历史已成过去。不管你喜欢不喜欢，怎样涂抹，它还是那样，不作声，也不改变。我们是讲历史的国家。曾花大力量去标点"钦定"官书二十四史。可是自从前清遗老编了《清史稿》以后，接着修了什么史？专史只照顾一面。通史大而化之。自从清朝一个小外交官黄遵宪编了《日本国志》以后，我们有多少不是翻译的外国史？"平时不烧香，临时抱佛脚。"要和外国打交道时，抓着什么算什么。但合我意就行，不管前言后语对不对得上。一个外国人和一个中国人到一起，一个口译，一个笔受，这样合作译出来的科学书比日本维新早。日本人翻印并学习我们译的书，灵了。我们自己反不见效。为什么？问题只怕不在药方而在脉案。讳疾忌医，乱服成药。而且，穷了就照富的学，弱了就照强的学，不一定都灵。轻量级和重量级同比，不上算，还有受伤危险。同样的气功，有人一练，祛病延年；有人一练，走火入魔。中国古人说：人苦不自知。外国古人说：要知道自己。不照镜子看不见自己，可是镜子里的像是左右相反的。

　　我虽比"五四"还痴长几岁，但七十多年也没有了解自己。现在看不清外界了，往往把旧识当新知又把新知当旧识，这才想到应当知道自己。那种看别人眼色下笔的交代和检讨并不是认识自己的好办法。我是老人。"五四"也不年轻。但国家、民族还不算老，青年、少年更加不老，如果多一点自知之明，至少可以少服错药而健康成长更快些吧？

1989年

无声的惊雷

年近八十，有件小小的憾事，说也好笑。在三十年代初"九一八"以后，许多青年学日文，不是为迎日本人而是为抗日本人。大家急欲知道日本小国为什么能欺负中华大国。这正和甲午战争吃败仗以后，前世纪末，本世纪初，许多人学"东文"去"东洋"的一阵热类似。那时我才过二十岁，没有热起来，不学日文。过了近五十年，七十年代末，我快七十岁了，忽然读日文。可是不行了。尽管学得不慢又能领会，独自啃得起劲，却随学随忘，记不住了。听说王力教授八十岁学日语。他是语言学家，我学不来，只好废然知返，不学了。学了一点点，我的微末企图也算实现了，尝到了日本人讲话作文的语气味道，不仅是说"初次会面，多多关照"。本来就没敢存直接读夏目漱石的奢望。《我是猫》《哥儿》连题目都没有传神译法，不学日文也能知道。这也不是学会普通日文就能领会的。我只是有一个不好的习惯。

读文学作品若一点没接触过作者所用语言,不明语气,就觉得不大舒服。不能读原文也得知道一点原来是什么样子。读译文会忽而想起原来该是什么样子。古文古诗,若不自己也尝试写写,作为自己的用语,就觉得耳边听不到"觚不觚,觚哉!觚哉!"的叹息之声。在没有听到人说苏州话以前,我一直觉得《海上花》中的"来哉"像古文。话一上口,就活了。哪怕少到只有可怜的一点点,我也要想方设法去直接看看对方的真面目。从"一斑"去测度"全豹"。这大概就是从小在偏僻小县寒微家庭里养成的狭隘心胸吧?

我为什么到老年忽然对日文有了兴趣呢?其实不过是为了想知道一点夏目漱石怎么说话。这位先生名气很大,汉译作品一直很少,而且例如《草枕》,连题目都没法懂,译文比《易经》还难读。到八十年代才陆续出了一些可读的译本。他的早期以后作品如《三四郎》《门》《心》等等,我才读到译文。我发愤要学日文时这些书还未出版。我感到如果不去见见这位明治时代的五十岁就去世的老先生,听听他的讲话,恐怕就往上无法了解维新前夕狱中办学被绞死的吉田松阴,往下无法了解昭和时代的文学群星。难道夏目的小说里有这些人吗?没有。琐琐碎碎啰啰唆唆。那只是靠文字之美吸引人吗?不是的,这里面有深沉的心声。不是"于无声处"去"听惊雷",而是一片乌云,内有惊雷,听是听不见的。越进入"云深不知处",越是觉得夏目先生在本世纪初年好像已经看到本世纪末年的日本了。这雷是什么?是要用突变和极端来消除内心矛盾的行为吧?是郁闷的心声吧?一连几部小说都讲三角故事,可是怎么变也走不出三角去。听说日本人现在也还在读漱石作品。他们怎么想的,我无法知道。便是我,若三十年代就学日文读夏目漱石,也不会听出什么惊雷,说不定只能欣赏他的早期小说《哥儿》的。

由此我想到一位欧洲古典小说家,本来地位不高,名气说大不大,说小不小,到二十世纪,到现在,忽然名声显赫了。我说的是英国中年早逝的女作家奥斯丁。她生当十八世纪末到十九世纪初,正是法国拿破仑在欧洲叱咤风云仅有英国据海岛以海军对抗之时,也正是英国殖民势力在全球膨胀之时,可是她的小说对这些几乎毫不涉及。四大名著说来说去是小城镇小男女的婚姻纠葛。难道作者是玩弄文笔小巧的仙子"不食人间烟火"吗?我看不是。我也是到七十年代后期才通读她的六部小说原文的。许多评论我几乎一点不知道。我只是有个感觉,那正是当时英国本土普通老百姓中一部分人没落的遗照。这样的人也许是再也没有了。这样的心还有没有?"傲慢"哪,"偏见"哪,"理智"哪,"情感"哪,难道仅仅是书中那几个人的心吗?这位女作家不是仙子。她跳不出当时英国及世界形势的如来佛手掌心的。不是那样的时候不会出那样的人。她对这些人最熟悉,又最会"抓拍"表现,又会讲话,所以就写出来这样的小说了。若要她写威灵顿和纳尔逊两位将军,恐怕不行。那时女子还不能举重和踢足球的。当然她和夏目很不一样。夏目是自觉的,有意的,目光远射。她未必深入英国人心灵深处而且担心未来。两人相差有一百年啊!

还有一位西班牙作家阿索林。他是"九八年一代"即前世纪和本世纪相交的时期的作家,正当西班牙失去殖民帝国地位的倒霉时期,和夏目同时而处境相反。他的作品至今只有一些短小的散文译出来。这里面有当时的文学运动吗?有潜伏着而到三十年代爆发的吸引全世界注意的内战的预兆吗?看不出来。难道真的没有?那些旧西班牙平常人的生活中显不出无政府主义和法西斯主义所依据的心理影子?我看这些散文时总觉得好像进了一个无生气的古老世界,好比进了乌云。只怕这就是惊雷的老家。

还有一位和这些相仿佛而又不大一样。日本的自然主义作家德田秋声在一九四一年即日本侵略中国作战已久而又要进攻英美的前夕,在报上发表了连载小说《缩影》,写的是艺伎。这可谓远离生活了。然而日本军部可不这么看。他们下令把这篇小说腰斩了。这成了"未完"的连载。作者也不写下去,再过一年就去世了。到底德田当时是不是有意和军部作对而反战呢?小说里是看不出来的。

我唠叨这些话决不是要说什么"淡化",只是谈一点感想。作者是只能写他所熟悉或比较熟悉的面貌及心声,可是读者却可以在后来才明白的大背景上看当时的小人物小事件。正好像在天空中看到一片乌云听到隐隐雷声一样。"山雨欲来风满楼",不一定人人都同样感觉得到云中有风,风中有雨。雨后回想就不一样了。这也许是许多老作品能一阵又一阵再度行时的缘故吧?作品的效应关键在读者。作者不过是巧妙地弹动键盘吧?当然,在作者有使命感和读者有受教育心情的今天,不会再是古典文学的时代了。所以我这些话只是谈谈过时的文学而已。古时,陶渊明不写"五胡",曹雪芹也不会写"十大武功"的。然而他们都跳出了时代环境吗?

1991年

三笑记

人生下来就大哭，过些天又会开口笑。婴儿自己不知道，这是哭，这是笑，是从大人的反应中知道效果的。于是哭笑不仅是发自内心，而且是有求于外，是含有预期得到效应的有意识的生理行为了。

开怀大笑，不知道为什么，两人同时开口，无因无由无求无欲，这才难得，我有过这样的笑，值得庆幸。

那是1966年夏秋之交，大学里如同开水锅，热闹非凡。不知怎么也有冷清的时候，有的地方会忽然平静无事，人都不知集中到什么地方去了。有一天，我正在和一些"牛鬼蛇神"搬运石头，从屋边拣起大小石块放在筐内抬过一片开阔地，卸在当年洋人修的燕京大学围墙下面。和我同抬一筐的是化学系的傅鹰教授。两人不发一言，全心全意劳动。来回抬了几趟，不知怎么，突然寂无人声。在墙下卸完石头，抬头一看，只剩我们两个人。其他人不知哪里去了，竟没人跟我们打招呼。我们也没有抬头看过周围的人，只低头劳动，入于人我两忘的高级禅境。这时猛然发现如在荒原，只有两个老头，对着一堆石头，一只筐，一根扁担，一堵墙，一片空地。

不约而同，两人迸发出一阵哈哈大笑。笑得极其开心，不知为什么，也想不到会笑出什么来。笑过了，谁也没说话，拾起扁担，抬起筐，照旧去搬运石头。不过，这一阵笑后，轻松多了。不慌不忙，不紧不慢，石头也不大不小，抬起来也不轻不重，缓步当车，自觉劳动，自然自在，自得其乐，什么化学公式佛教哲理全忘到九霄云外去了。这真是一生难得的一笑。开口大笑，不必说话，不用思想，超出了一切。是不是彼此别有会心？不一定。

傅鹰教授是从美国回来的，在"大跃进"中，科学研究也上马大干。要他发表对千军万马协同作战研究科学的体会时，他背诵两句唐诗："一春梦雨常飘瓦，尽日灵风不满旗。"因此挨了一顿批判。可是好像批与被批双方都不知批的是什么，为什么批。有人问我。我说，古诗和大事同样难懂。以不懂为妙。何必不懂装懂？他的夫人也是化学教授。两人都已故去了。既已安息，就不必多说话打扰他们了。

又一次大笑是在这以后不到一年。我一直坚持劳动，但是同劳动的人却常常更换。有一天，留在空空一座大楼里劳动的只有三个人。我，教日文的刘振瀛和一位嫁给中国丈夫的日本女人，她取的中国姓是李。我们的任务是擦窗户。我初见李时，她好像是二十岁上下的美丽活泼的小姑娘，此时她已经是两个孩子的母亲了。不知何时起她当了职员，也不知为什么陪我们一起劳动。这个女的，据说当学生时在战后日本做过各种劳动，继承战时的"奉仕"（服务），不过是为自己生活不是为"圣战"了。她会操持家务，所以比两位老教授都"懂行"。她教我们怎么先用旧报纸，再用干布，然后用湿布，又重复用干布，从点到面擦玻璃。两个老学生随着她的示范倒也学得不慢。后来要站上窗台去清除上层积垢，两个老头都面有难色。虽是二楼，摔下去也不是玩的。还是她，自告奋勇，一跳便站上去。我给她递工具。窗子是开着的。她站得很坚定。我还是担心不稳。不一会，任务完成，她一回身便往下跳。我出于本能，不自量力，伸手去保护。哪知她心里也不踏实，跳下时怕往外倒，竟向内侧着，一见我伸手，转身一躲，反而维持不住平衡，一下子靠到我的手臂上。我本是无心中举臂，并未用力，也跟着一歪。幸而她不到三十岁，我也不过五十多，脚跟还站得稳，都没跌倒。旁边的刘出于意外吓了一跳。三人定过神来，不由自主同声哈哈一笑。我笑得最响。她也失去少女风度，张开大嘴。刘反而笑得庄严，不失留学日本时受的"喜怒不形于色"的磨练。

这一阵笑声在空荡荡的大楼里和着回声仿佛突如其来的音乐，像有的交响乐的"曲终奏雅"，轰然巨响，真是难得。当然，这事除我们自己以外，谁也不知道。他们两位大约随后便忘了。只有我记到现在，因为这是我的第二次老来开心大笑。

现在刘已成为古人，李也回日本去了。三人余一，忽然想起这次三人大笑，接着又想起那次二人大笑，不由得又想笑，可是笑不出来。强迫哭比强迫笑容易。我老而不死也有好处，比别人多些时间回忆。记得笑比记得哭好。我的记忆中几乎都是一些可笑的事，都是我自己做下的。记不得生下来的哭。大约十岁以后就不哭了。二十岁时，哥哥突然去世。我艰难困苦回到家，见到老母忍不住伏在她膝上哭了一场。此外再也想不起什么时候哭过。那次哭后不久，我又离家外出，举目无亲，飘零各地，无论遇见什么事都不会哭，要哭也没有眼泪。我的女朋友告诉我，她好像不会脸红。我告诉她，我不会流泪。于是两人相对开心笑起来，觉得真够做朋友。

还有第三次的笑，那一定是我登上八宝山"火遁""尸解"的时候。但不会有人看见，自己也不知道了，所以预先在这里记下一笔。是为"三笑记"。

记于1993年4月，癸酉闰三月前夕

晚年金克木在朗润园

末班车

末班车，我确实搭过，那是大约在六十年代初或五十年代末即所谓"困难时期"。在北京西郊的北京大学有一些教授进城，忘记是开会听报告还是看戏受教育，回到动物园公共汽车总站时已过夜里十一点半，眼看着末班车开过去，跑步也赶不上了。若在八十年代，这些几乎个个都是大小有点名气的人，不用说有车接送，便是自费乘出租车也不成问题。可是那时教授的名声很坏，好像一顶破烂帽子，要扔到垃圾堆去也扔不掉，这些中老年人只有在那里进行临时非学术讨论。

"我可以自己走回去。"一位年纪较轻的说。

"我陪你走。"一位比他大十几岁的说。

当时自然想不到，几年以后这些人都得进"牛棚"劳动以至军训跑步，走路真算不得什么了。

正在"争鸣"之际，忽然有人发现，停在一边的公共汽车中有一辆空车的驾驶室里坐上了人。于是一哄而上堵在车前，有人就去敲车门。

"末班车开过了。这是到中关村的回厂车，不搭客。"驾驶员说着就要开车。

"到了中关村我们就下车，剩下的路自己走。"

"没有售票员。没人卖票。"驾驶员说。

"我来卖票。"有人回答。

车门开了。那位比较年轻的教授果然向驾驶员要过车票，执行自愿的任务。有人还开玩笑说：教授卖车票，可以进什么世界纪录大全了。他当然料不到随后他们还会创造更多的纪录，都是"史无前例"的。

上车后才知道，这是开去准备明天早晨两头对开的第一班车。这不是末班车，是头班车。

我搭过的真正的末班车是火车，再也不会重复了，值得一提。

那是在1937年7月卢沟桥事变发生以后，当时叫北平的北京城紧张万分。城里东交民巷就有日本兵。城外宛平县已经开火，打打停停。快到月底，忽然一位朋友从汽车行里不知怎么租到一辆小汽车坐着来看我。他催我立即上车跟他一同走，说："那位午间宣布'与城共存亡'的最高守城人已经自己坐小汽车走了，我们还等着做亡国奴吗？"不由分说，他把我拉上了车。我本是住在朋友刘君的槐抱椿树庵的一所房子里替他看守房子的。他去了天津。我也顾不得交代了。车出西直门时，城门已经关了一半，门洞里堆着不少沙包。出城到了往西北开的火车车站。站上很少人。买票上车后，车上人也不多。不久车就开了。朋友说，只有这一处车站还开车，到南京的，到汉口的，都停了。车经南口时听到枪声一阵乱，没有停下就过去了，直到张家口才停得稍久些。朋友下车打听后回来说，往回开只到南口了。大概日本兵已经进城占领了。这是从北平开出来的末班车。以后再开出的车就是太阳旗下的了。这位朋友是崔明奇，后来在复旦大学教授统计学。我母亲刚从家乡来找我，住下还不到一个月，也只好跟着我逃难了。

我还搭过另一次末班车，但不是火车，也不是汽车，是在北京沙滩红楼的北京大学外国文学系的法文组。

话说蔡元培一接任北京大学校长，就对原来的这所京师大学堂进行改革。改革之一便是扩大外语系科。据说他创办了八个外国语的系。第八种是世界语，没有办成，只开过班。意大利语、西班牙语的命运大约也好不了多少。至于阿拉伯语、波斯（伊朗）语就更不必说了。真正建成而又存留下来的只有五个系，英、法、德、日、俄五大强国的语言各占一个。"九一八"以后，蒋梦麟同蔡元培一样不当教育部长，来当北大校长。他本来在北大任过代理校长，回来也进行改革，将外语系科合并成一个外文系实即英语系，已经萎缩的法文、德文、日文、俄文几个组取消。到1933年，这几个组都只剩下最后的班级，也就是末班车了。这时我无意中搭上了法文组的一个班也就是末班车，是无票乘车者，不是学生。这个班上只有一个人，因此教课的很欢迎外来"加塞儿"的。这在北大文学院已成惯例，从来不点名查学生证。

当时德文组教授中有翻译《牡丹亭》的德国诗人洪涛生，毕业生中有诗人冯至。尽管如此，也只有几个学生上课。我去听过一次洪涛生教授讲莱辛寓言。他自己到德文图书室去打字，打出一页课文，将复写纸印出的分发学生，也给我一份，没问一句话。日文组的教授有周作人、钱稻孙、徐祖正三位专家。学生也不多，其中一个是周作人的儿子。法文组的原来系主任是梁宗岱教授。他教毕业班，也只有几个学生，内含两个女生。他不去教室，在法文图书室上课。师生围在一张长方桌周围，用法文闲聊天。要查什么书就随手在书架上拿。主讲人是梁教授，总题目是法国文学。他讲的法文中夹着中文、英文、德文的诗句原文，大家嘻嘻哈哈，也没有课本、讲义。我去听过一次，大家看见我仿佛见到原有的学生。另有两位外国教员，一位是瑞士人斐安理教授，后来才知道他最后成为日内瓦大学索绪尔以后教语言学的第三代。他在中国时还年轻，留起小胡子冒充老。他开过语言学课没人听，停了。随后到日本东京去才教语言学，我听他的课是法国戏剧。另一位是邵可侣教授，法国人。他的家世辉煌，祖父和伯祖父是学者兼革命者，一位是地理学家，一位是巴黎公社委员。他父亲是中学校长。他承袭了这个姓名，并未承袭家学，而由吴克刚教授（和巴金同译《克鲁泡特金传》的）介绍到上海劳动大学教法文。那所大学本由蔡元培领导，不久就解散了。他到南京中央大学教法文，编了一本《近代法国文选》，由中华书局出版。后来他到北京大学法文组，兼教文学院一年级法文。他曾写信给蔡元培，反对将法、德、俄文等组取消合并入英语系。蔡有复信表示无力挽回。抗战时他在云南大学，战后在燕京大学。战时他随戴高乐将军抗纳粹德国。1949年回法国。不久前，他的孙女儿从法国到中国来，还看过我。我才知道他已在高龄去世。

现在我搭上人生的末班车，回想1933年去沙滩北大法文组当末班车的无票乘客，从此和外国文打交道，可说是一辈子吃洋文饭。然而说来很惭愧，对于外国文，我纯粹是一个实用主义者，不用就忘，可以说是一生与外文做游戏。若不信，请听我道来。

我刚满18岁来北平（北京）打算上大学时还不会英文。

直到1932年冬天我去山东德县师范教国文时才能自己读完英文原本《威克斐牧师传》。记得读最后那几十页时，在煤油灯下一句一句读，放不下来。读完抬头一看，灯油已耗尽，纸窗上泛出鱼肚白了。同时我还学看英文报纸，绝料不到以后会仗外文吃饭。第二年暑期回北平后，在"九一八"时认识的一位世界语朋友把他在旧书店里买的一本书送给我，逼着我学。这是一本用英文写的法文自修书，一共30课。从第十五课起读童话《小红帽》。书中说，学完后可以接着读伏尔泰的《瑞典王查理十二传》。真是诱人的前景。没多久，我居然利用刚能看书看报的英文能力把这本书学完了，自己去买了一本邵可侣编的《近代法国文选》接着读。可是无法矫正发音。又一位朋友介绍我去找他的会说法语的兄长，可是这一位会说而不懂语音学的先生弄不清楚清浊发音的区别。正好另一个朋友是"北大迷"，极力鼓吹我去沙滩和他同住，同到北大旁听课。由此我去上邵可侣教的一年级大班，学发音。我拿他编的《文选》去问他，他立刻叫我去法文组听他的二年级课。我的那位送我法文自修书的朋友本在日本留学，"九一八"后愤而回国，不料忽然被捕。我不知道他已入狱，夜间还去访他。幸亏在大门口望见室内无灯，没有进大门，免受牵连。我把这事告诉邵可侣，说要搬家。他立刻建议我到他家里住。他是一个人住一所四合院，只有做饭的大师傅同住。他自己住北房，让我住门口的南房，家具也归我用，不收房租，不管吃饭，要我在他假期旅游时替他看房子，有中文信件之类帮他处理，作为交换。我答应了。住下后才知道，原先有一位教授和他同住，结婚搬走了，我是顶替他的。我除看房子外还为他校再版的《文选》校样，整理并校订他的讲义成为《大学初级法文》，由商务印书馆出版。他提议我也署一个名字。我认为不妥，说是只要在他的法文序中提到我就行了。想不到的是，英译中国现代诗，后来在美国加州大学任教授的陈世骧1939年在湖南大学教英文，他推荐我到湖南大学文学院临时应急补缺教法文的主要依据，就是这课本和这篇序。在邵可侣先生的热心联络下，有些法国人互相请客开茶会，留学法国的中国人也参加，有的教授还带了学生去。嫁给中国人的法国妇女也有随丈夫参加的。不定期，也没有固定的地点和人数，有人是常客，有人偶尔来。有人虽收通知却从不参加，例如美国人温德教授。会上人人用法文闲谈。有时青年男女做点小游戏或朗诵诗，弹琴，唱歌，最热闹时还排练过法文戏《青鸟》。我和邵先生同住一处以后，他便把这件事也交给我，由我发通知联系。别人请客也找我。由此我认识了一些与法文有关的中外老中青人士，包括过路的外国男女。清华大学的吴宓教授只到过一次会，由于谈诗和做旧体诗而和我熟悉起来。1946年我由印度回国，友人曹未风告知我写信给吴先生。吴先生向武汉大学推荐我，由文学院长刘永济教授安排聘我到哲学系任教授，教印度哲学和梵文。我搭上法文组的末班车，竟成为我教大学的头班车，真是料想不到的。

不仅是当教员，教外文，我一生的经历中，许多次都是不由自主上了末班车。我本无意来这世间，是我父亲逼我来的，我做了他的最后一个儿子。他生活在清朝将近60年。民国成立后，我还不满周岁，他就离开了世界。我生下就遭遇抄家，尿片被搜检过。我母亲出身卑微。一家人中有四省人。回到老家以后，在低矮的祖传茅屋里还照清朝末年的老规矩生活。我3岁就成为老长辈，有了一个侄孙，许多大人叫我叔叔。10岁左右我就陆续见过不同情况横死的男女，四个挂着、绑着、躺着，身首异处的尸体。满16岁离开了家，见闻更加复杂、奇特。满20岁就有人和我对干一杯酒，把桌子一拍，说出他对他自己的评价："死有余辜，问心无愧。"他本是黄埔学生，可以做大官的，后来被南京政府"正法"了。耍枪杆的、耍笔杆的，男男女女、老老少少，我都见过。不同肤色的外国人对我讲不同语言，表达不同思想。不知怎么我竟能记得住这么多人。

若是电视连续剧，也太长了。还有什么样的人我没有见过呢？只怕是没有多少了。然而，我渐渐不懂这个世界。同样的，我想，这世界也不懂得我了。我在世上已经是完全多余的了。

末班车可以是头班车。离开这一个世界，在另一个世界里，我又是初生儿了。

"人生天地间，譬如远行客。"望见终点，我挥舞着这些小文要下车了。

              1996 年 1 月

遗憾

一生快到尽头了，照说是往前看不见什么，多半要往后瞧，检查一生走过的足迹。我耳目不灵，动作不便，不宜出行，一个人躲在小屋内最便于回忆，却胡思乱想，偏要向前看。几年后，几十年后，几百年后，一直可以想到地球末日。于是记起梁启超《饮冰室文集》里译的一篇小说《地球末日记》。说的是太阳冷却，地上全是沙漠和冰雪，只剩下一对男女在赤道附近的最高山峰顶上晒夏天中午的太阳。他们指点江山，评说历史。落日下寒气越来越重，抵御不住，两人相抱，同归于尽。小说末尾是，死了的地球仍环绕正在死去的太阳旋转，只有爱留了下来，没有随这对男女逝去。我看时只有十二三岁，不大懂。这篇小说写前一世纪末欧洲人的知识和心情。他们的世界还很小，想不到会有人造卫星，人能上天。热力学第二定律正在行时，还不是生态学说。现在又到世纪末了。我向前看，不料回到了过去，看到十来岁的自己。这是不是爱因斯坦的说法，宇宙是有球性的，光线笔直前进会回到原处？于是想起了看《相对论ABC》迷上天文学夜观星象的我。那时我二十几岁，已来北京，曾经和一个朋友拿着小望远镜在北海公园看星。织女星在八倍望远镜中呈现为蓝宝石般的光点，好看极了。那时空气清澈，正是初秋。斜月一弯，银河灿烂，不知自己是在人间还是天上。

思前想后，一生有什么遗憾没有？从上面说的可以看出，若要说遗憾，第一件便是没学到科学。我的科学知识只有幼儿园程度。上小学时竟敢拿哥哥的《查理斯密小代数学》去看，还有严济慈编的初中用《混合数学教科书》三本，里面讲了代数几何三角。书一开头便讲"格兰弗线"，还附一些数学家的肖像和介绍。爱看自己看不懂的书是我的老毛病。

到北京后知道上学无望，科学是学不到了，但还不死心，要去读外国大科学家写的小科学书。看懂了一点本来看不懂的书有极大的快乐，便想译出来给和我类似的人看。真是傻气十足，不自量力，居然译出了三本天文学书。《通俗天文学》由商务买去了稿，还曾再版。《流转的星辰》由中华出版。《时空旅行》译出交稿，正是抗战开始前夕，连稿子也不知何处去了。还和人合译《金枝》一卷本，想得点人类学民俗学知识，也遭到同一命运。那时我在西山脚下租了一间房，每天除译书外便学外文，还硬啃一本《光的世界》，一本《语言学》，都是英文的。房东是一位孤身老太太。租另一间房的一个人是学化学的，从日本回来，要到德国去。我向他请教，听他谈论日本。卢沟桥的炮声惊醒了我的幻梦。

这是遗憾，也不是遗憾，因为本来是做不到的事。我那时并不是狂妄，实在是无知，不懂得天高地厚，不知道自己能吃几碗饭。好奇心太大。不论费多大劲，能自己满足一点点就有无上快乐。越是难，越想试试，不可救药。

实在有点遗憾的是辜负了别人的期望。这就多了，要从我的母亲算起，算到老师，朋友。有人对我有点希望，我就觉得是欠下一笔债。令人失望岂不是罪过？有人也许说过便忘，我却难以自己勾销。在这里道歉也是白说。白说也要说，不好带去火化。想起这些还不清的账目我就头痛。拉丁文、罗马史，起了个头就断了。印度的古典、今典，钻进钻出，有理说不清，如入宝山空手回。这两个包袱已经压得我抬不起头来，别的更不用说了。鼓励的话，期待的眼光，想忘也忘不掉。

这一生东打一拳，西踢一脚，打一枪换一个地方，什么也说不上会，都比我读马列、学俄文、学锯木、抹泥、涂油漆、种稻子等好不了多少。不管旁人怎么说，自己知道自己有多大分量。自知是块本来无用的废料,不过错蒙一些人赏识而已。所以尽管有遗憾,仍能笑口常开,时刻准备着上八宝山"火遁"去也。

癸酉年闰三月朔日

告别辞

在由"八卦阵"中"休门"步入"死门"之时,我忽然想到,历来只有生者向死者遗体告别,然后离去,照陶渊明说的,"亲戚或余悲,他人亦已歌"了。还没听说死者向生者告别的。古人有"自挽""自祭",今人有"遗嘱",没有"告别"的。生者致悼词,死者岂可无词?何妨"自我作古",拟作一篇。

设想我躺在那里排队等候火化,那时该想些什么,要说些什么?先是想到,此一去能会见多少在活人中间已无法再见的人、亲人、朋友。提到朋友便想起前天才得到的我的最好的女朋友的死讯。信中只说了年月日,没有说地点是在地球的这一边还是那一边。不过这不要紧。死人的世界是超出时间空间普通三维四维概念的宇宙,是失去时地坐标的。要紧的是死后以什么面目出现。若是离开人世时的形貌,我和她都已经是八十岁上下,鸡皮鹤发,相见有什么好?还不如彼此都在心目中想着两个二十几岁的男女青年在一起谈笑，毫无忌惮。"相见争如不见"，那么不见也罢，还是向生者告别为妙。

这时我不由得想起了苏格拉底。据柏拉图所记，他听到死刑判决时在法庭上说了一番话，末尾是："现在是走的时候了。我去死，你们去活。哪一边更好，只有神知道。"这算是他的告别辞吧。他是哲人，临终还要讲道理。我是凡人，只能谈自己感想，不配议论活人。

儿时听说，人在死时要去收自己的足迹，凡是到过的地方都得再走一次。我一生去过的地方不多也不少，不过大半是坐船乘车或者搭飞机去的，路上不会有足迹。挪动两腿在一条路上天天来回走的，除小孩子时上学的路以外，只记起了两处。那里重复足迹太多，恐怕是非再去一次收回不可。

一处是贵州遵义。这在唐朝是播州，又据说在汉朝是夜郎国，要和汉朝疆域比大小，以此出名。那是1940年，我失业无事做，决定不下出国还是不出国，和母亲住在朋友夫妇家里，每天出门去沿着一条小溪走到僻静处去看那清澈的流水和水中的游鱼。走来走去不知有多少足迹印在那里。有当时作的诗为凭证。

　　我来不见谪仙人，洗马滩头独步频。

未肯临渊谋结网，已甘学道敢忧贫。

常钻故纸弭豪气，间作狂言娱老亲。

无菊犹堪乐重九，卜居新得柳为邻。

诗中引古代诗人一个又一个，未免沾染了一点夜郎国的自大之气。这足迹非收回不可。

终于出国，经云南、缅甸到了天竺。一路上乘车乘船没留多少足迹。留下足迹多的路是在鹿野苑。那是释迦牟尼成道后度化五比丘初次讲出"无常""无我""涅槃"的地方，称为"初转法轮"之处。这又是有位仙人动凡心掉下来的地方，称为"仙人堕处"。我住在招待香客的"法舍"里，每天在太阳西下时赶到中国庙的"香积厨"里独自吃下午剩的菜饭，再出庙门便看到"摩诃菩提会"建的"根本香寺"，前面大路上有"过午不食"的和尚居士或零散或结伴奔走。我加入其中来来去去，由此明白，古时释迦佛带着弟子罗汉菩萨的"经行"原来不是中国魏晋风流人物的"行散"。中国古名士吃五石散求长生以致全身发燥，不得不宽袍大袖缓缓走动，样子飘飘欲仙，其实是要解除药性引起的烦躁。"经行"是印度人所习惯的运动，不是治病，更非闲散，乃是大步流星仿佛竞走。于是我也练成这种习惯，"散"起步来不由自主便紧张移动两腿，毫无悠闲气派。这也有当年的诗为证。

> 往时圣哲经行迹，寂寞而今生绿苔。
> 古塔有灵还伫立，野花无主为谁开。
> 鹿王已证涅槃去，乌鹊宁闻圣谛来。
> 入夜豺狐争号哭，应知大地有余哀。

那是1943年到1944年。斯大林格勒的苏联军队里外重重包围了困在城内外的德军三十万人，血战正酣。蒙哥马利率英军在非洲驱逐德军的"沙漠之狐"隆美尔。艾森豪威尔任联军司令在英国筹划到法国的诺曼底登陆。东方的日本霸占了东亚的南北部，赶走英美法势力，要和中国作最后决斗，拼个你死我活，但胜极而衰，外强中干，踏上了下坡路，等候"败军之将"麦克阿瑟卷土重来占领本土。东半球战火弥天，印度人处于前线边缘，在外国人统治之下，对战争无能为力，怀有复杂的心情。鹿野苑是乡下，没有电灯，天一黑就只有星光闪烁，加上时圆时缺的月亮。地上有蛇爬行，天上有秃鹫飞，夜间野兽嗥声此伏彼起。可以想见古印度林居野处的修行人在树下坐禅修道时的环境，了解三衣、一钵、一杖为何不可缺少。我早眠早起，夜不出户，遥望黑暗中星斗推移，恍如在世外，又明知在世内，这才感觉到当初佛讲"苦"讲"寂灭"的语言内涵。出世入世并无分歧。纸上千言无非一语。在那里的路上有我的无数足迹，现在该收回了。

足迹收完，行将离去，便由死日想到生日。六十年前曾作一诗《生日》。

点点的雨，点点的愁，
这古井却永远都依旧。
丝丝的恨，丝丝的风，
该收拾了：瓜架豆棚。
一支人影，一支蜡烛，
桌上摊着别人的情书。
一声蛮吟，一年容易，
一天又添了一岁年纪。

"别人的情书"，是谁的？是我的友人的女友写的。友人说是"失恋"了。我把一叠信从他那里拿过来，一字未看，一张一张烧了。自己有没有？又想到新去世的女朋友。她在最后的信中问我要不要她所保存的我的信。我回信说，不要了。人亡物在，何必呢？至于她给我的信呢？那能算情书吗？有情的是五十八年前我送给她的那首诗。题是《镜铭》，下注："掇古镜铭语足之以诗献 S"。诗云：

见日之光长勿相忘，
则虽非三棱的菱花
也应泛出七色来了。
明月无常，星辰流转，
切莫滥寄你的信心，
须知永劫只凭一念。
见日之光长勿相忘，
惟阴霾时才成孤影。
愿人长寿，记忆常春。

"夜台无晓日"，不见日之光了。但愿有时记起我的人在回忆的春天里发出会心的微笑。

别了。

自撰火化铭

先生金氏，东西南北之人也。生于清亡次年壬子。卒年未详。曾居教席于小学、中学、大学，皆机缘凑合，填充空缺，如刊物之补白，麻将之"听用"，不过"拾遗""补阙""候补""员外"而已。又曾入报馆，为酬衣食之资不得不"遇缺即补"，撰社论、译外电、编新闻、主副刊，皆尝试焉。少年时曾入大学图书馆任小职员，为时虽暂，获益殊多。战时至西南，逢史学名家赠以恺撒拉丁文原著，谆谆期以读希腊罗马原始文献，追欧洲史之真源以祛疑妄。后有缘至天竺释迦佛"初转法轮"处鹿野苑，住香客房，与僧徒伍，食寺庙斋，披阅碛砂全藏，比拟梵典，乃生超尘拔俗之想。适有天竺老居士隐居于此，由"圯桥三进"谓"孺子可教"，乃试以在欧美学府未能施展之奇想，以"游击战"与"阵地战"兼行，纵横于天竺古文坚壁之间，昕夕讲论，愈析愈疑，愈疑愈析，忽东忽西，忽今忽古，亦佛亦非佛，大展心胸眼界。老人喟然叹曰：毕生所负"债"

（汉译为"恩"），惟此为难"偿"（汉译为"报"），今得"偿"矣。"所作已办"，遂飘然卓锡远引，竟去不返。先生忆苏曼殊和尚诗句："范滂有母终须养，张俭飘零岂是归？"遂南天万里飞越雪山而归奉母。适逢缘会，再入高庠，仍为"听用""补阙"。当时大言炎炎，事后追思，徒增颜汗。是年丙戌，溯戊辰初教小学已十八载，距己卯始入大学任教亦越七岁。碌碌无成，夸夸如故，终身以"听用"始，以"听用"终，可论定矣。

先生幼欲学农，不成，至"花甲"之年始得躬耕于南昌故郡之野。自选种、育苗、插秧、施肥、挠秧、收割、打谷以至晒谷、入仓、守仓，靡不与焉。两年为农，尽除文字障，大收脱胎换骨之效。少年又曾学工，于华北工业改进社实习羊毛纺织，由选毛、梳毛、洗毛、染毛以至纺织，手工操作。最难为纺，次为织。古式手纺车难于运转如意，毛又非棉，难匀易断，常孜孜终日不成一线。织布机亦古式，以足踏动，依花样节奏，若弹风琴。飞梭往复，常须续断。浪费无数羊毛，最终织成"人字呢"尺许而得卒业。然竟未能成工人。至近"耳顺"之年始获随习木工、瓦工，然俱为"劳动"，旨在"改造"，无技术可言矣。又于战时经友人怂恿为商，欲在西南一大城市新建商场中觅一席之地，求以贸迁有无糊口。市场主者命一妙龄女子接待。

先生不谙"生意经",出语即讹,备受讪笑。彼妹意存鄙薄而妙语温存,尤所难堪,遂废然知返。逢一鞋店主人,沦落天涯,一见如故。承其指教,乃知市场风云较之战场尤为难测,断非无财无勇无谋无庇荫之书生所可问津。战事方殷,又谋投笔从戎。友人为借乘军车与下级军官结队同行。途中合唱"我们都是神枪手",意气风发,恍惚有"一去不复还""马革裹尸"之概。横穿湘境至辰谿为友截留,入中学及大学补缺教课,重握粉笔。先生于农、工、商、军——涉足而无以立足,于是以书生始,以书生终,其命也欤。虚度一生,赍志而殁,悲夫!

铭曰:

空如有。弱而寿。无名,无实。非净,非垢。咄!臭皮囊,其速朽!

壬申岁除日草

编后记

书剑飘零
——《漂泊者》编后记
张昌华

这辈子端的是出版的碗,吃的是编辑的饭,为他人作嫁编书冷暖自知。我为文坛前贤师友编的书较多,这或是最后一本,也是最难编的一本。

金克木(1912—2000)先生我素敬仰,他是大家;尽管他谦称自己是杂家,谅谁都臣服他是位卓尔不凡的大学者、大学问家。先生思想"精骛八极,神游万仞",其作品徜徉中外,思接千古,涉及哲学、宗教、文学、历史和天文,涵盖社会、自然两大学科。先生与陈寅恪、钱锺书等不同的是,他是一位全靠自学成才的"低学历大师"。

我之所以说这本最难编,一是金先生的著作丰赡、内容深奥、品类繁多,选编较难;二是十多年前我为先生编过一本《倒读历史》(江苏文艺版),选目要脱旧编之窠,编出新意来,真不是易事。本书初目列出后,我与《倒读历史》比对一下,发现思路与选目大同小异,有"翻版"之嫌,自觉亵渎了作者,敷衍了读者,也对不起自己一张老脸，于是决定改变思路，推倒重来。

金先生之所以是金先生，他的与众不同之处是虽然出身书香门第，但仅有小学文凭，只是非正式上过一年中学，而最终成为大家。先生曩昔的苦难成就他日后的辉煌。他的人生阅历异常丰富，早年是个少年漂泊者、文丐、译匠，一个以"啃报屁股"为生的穷困潦倒的文学青年。他用以"金"克"木"的精神，焚膏继晷，孜孜以求，成就了自己卓越的学术人生。鉴此，我立意舍弃已广入其他选本中的关于历史、哲学和读书方面的佳构，着意选编文中有"我"、记录他人生轨迹的文字，致力于将其编成一本"自传"式的随笔集，窃思这对读者的教育和启迪或更有裨益。

由于我已年迈，精神、眼力衰退，对厚厚的八卷本《金克木全集》不能逐一拜读，精彩篇目漏选在所难免，又因学殖浅薄或带有偏见，有的选目也未必精当，祈方家、读者教正。

2017 年 6 月 15 日
于金陵老学堂

图书在版编目 (CIP) 数据

漂泊者 / 金克木著;张昌华选编.—北京:商务印书馆,2017(2018.9 重印)
(流金文丛)
ISBN 978-7-100-15423-9

Ⅰ.①漂… Ⅱ.①金…②张… Ⅲ.①随笔—作品集—中国—当代 Ⅳ.①I267.1

中国版本图书馆 CIP 数据核字 (2017) 第 242510 号

权利保留,侵权必究。

流金文丛

漂泊者

金克木 著 张昌华 选编

商 务 印 书 馆 出 版
(北京王府井大街36号 邮政编码100710)
商 务 印 书 馆 发 行
江苏凤凰新华印务有限公司印刷
ISBN 978-7-100-15423-9

2017 年 10 月第 1 版	开本 787×1092 1/32
2018 年 9 月第 2 次印刷	印张 10

定价:49.00元